시크릿 프로젝트

목 차

1. 소매치기

시크릿 프로젝트

가방이 가벼워졌다고 느낀 것은, 조금 전 터널을 지난 후부터였다.

아니나 다를까 가방 안에 돈 주머니가 보이지 않았다. 소매치기였다.

더구나 사라진 것은 돈 주머니뿐만이 아니었다. 노란 봉투가 보이지 않았다.

사람들을 비집고, 안으로 들어갔다. 다음 역에 도착하기 전에 범인을 잡아야만 했다.

물건을 찾지 못하면, 모든 것이 꼬여버리기 때문이다. 승객들의 옷차림과 표정을 살폈다.

아무리 태연한 척해도, 표정은 드러나기 마련이다. 남에 물건을 훔쳐본 놈들만 아는 서로의 표정이 있었기 때문이다.

애써 태연한척하려는 부자연스러운 휘파람, 멍하니 창밖을 보는 것 같지만 눈치를 살피고 있는 모습들을 보면 안다. 따로 인 것 같지만 패거리로 모여 있는 소매치기들만의 흔적들을 찾아야만 했다.

통로를 지나 연결 칸에 이르렀을 때, 구멍 난 벙거지 모자를 쓴 놈이 다가왔다. 왕초였다.

그에 손에는 내 지갑과, 내 가방에서 훔친 노란 봉투가 들려져 있었다.

"오래간만이다! 상태야. 너무 변해서 못 알아볼 뻔했다."

"돌려줘! 그럼 아무 일도 없을 거야!"

"그래. 나도 아무 일도 없듯이 훔친 물건가지고 내리려고 했지. 근데 재미있는 게 있대!"

"돈은 다 가져. 물건만 돌려줘! 안 그럼 다쳐."

"크크, 아이고, 무서워라! 왜 이제 눈에 뵈는 게 없어? 이제 몸이 다 컸다 이거야?"

"후회할 거야!"

"이 자식이!"

"짝!"

왕초와 똘마니 일행은 내 허리띠를 잡아끌고, 연결 칸으로 이동했다.

똘마니 일행은 문 앞과 뒤를 가로막고 서 있었고, 연결 칸 안에는 왕초와 나만 남았다.

"죽고 싶어! 너 내가 경고했지! 도망쳐도 내가 반드시 잡는다고."

"도망친 게 아니야. 내 발로 떠난 거지!"

"짝! 퍽! 퍽! 퍽!"

"어디서 눈을 치켜 떠. 안 본 사이에 많이 용감해졌다."

왕초는 내 뺨과 턱을 연달아 갈겼다. 짜증이 났던 건 아파서가 아니었다. 창피함 때문도 아니었다. 정말 짜증났던 건 왕초에게서 나는 냄새였다. 너무 오랫동안 안 씻어서 나는 퀴퀴한 냄새 때문이었다. 다리 밑 생활을 청산하고, 수년간 몸을 씻었어도, 수년이 흘렀어도 그 냄새가 익숙했다는 것이었다.

"왜 이제 좀 기억이 나?"

"아니! 하나도 기억 안 나."

나는 발로 왕초의 정강이를 찼다. 왕초가 고통스러워하며 엎드려 자신의 정강이를 잡았다.

무릎으로 녀석의 머리를 찍었다. 놈이 뒤로 넘어졌다.

"이제 좀 느껴져?! 시간의 흐름이."

기차가 멈춰 섰다. 남평역이었다. 사람들이 내리기 위해, 우리 쪽으로 왔다. 왕초는 독이 오른 표정으로 일어나 나를 세게 밀어 문에 몰아세웠다.

"상태야!"

고개를 돌리자 용민이와 광주고등보통학교(지금의 광주제일고등학교) 친구들이 다가왔다.

멍든 내 얼굴과, 내 허리띠를 잡고 있는 왕초를 번갈아 봤다.

"얼굴은 어떻게 된 거야? 이 사람은 뭐고."

"학생들은 가던 길 가!"

"당신 뭐야! 그 손 안 놔!"

"다리 밑 거지들 아니야?! 시장에서 사람들 소매치기하던 그놈들 맞네!"

왕초와 똘마니들 얼굴이 붉어졌다. 왕초가 용민이를 노려봤다. 용민이도 주먹을 쥐었다.

용민이와 친구들은 우리학교 선도부였다. 주먹깨나 쓴다는 애들도 용민이 앞에서는 주먹을 쥐지 못했다. 재미난 구경거리를 놓칠 리 없는 사람들이 몰려들었다.

두 무리가 서로를 향해 한 발자국 다가서고 있을 때, 일본 순사가 열차 안으로 들어왔다.

"어이! 거기 뭐하는 거야!"

두 무리는 당황했다. 다시 두발자국 서로 물러났다. 순사가 바싹 다가왔다.

"다들 가방 열어 봐."

불심검문이었다. 독립운동을 하는 불순분자들을 검색하기 위한 검문이었다.

얼마 전, 광주에서 광주고등보통학교 학생 하나가 태극기를 흔들다 붙잡힌 후 더 강화됐다.

용민이 이마에서 식은땀이 흐르는 게 보였다. 용민이의 가방이 불안했다.

지금 용민이가 잡히면, 다른 놈들을 놓치게 될 것이다. 내가 나섰다.

"저 거지가 제 가방을 훔쳐갔습니다."

당황한 왕초가 한 발짝 뒤로 물러나며 혐의를 부인했다.

"아닙니다."

나는 그런 왕초에게 결정적 한 방을 더 가했다.

"제게 아편을 팔려고 했습니다. 가방을 빼앗으면서요."

"아········ 아닙니다. 뭔 미친 소리야!"

왕초는 내 가방을 열차 바닥에 던지며 소리쳤다.

"저 사람 손에 들고 있는 노란 봉투가 바로 그것입니다."

왕초는 당황한 듯 내 눈을 쳐다봤다. 나는 왕초만 볼 수 있는 옅은 미소를 지어보였다.

아편은 양귀비 열매로 만든 마약이었다. 중독성이 강해 한번 맛들이면, 환각효과 때문에 사람을 점점 폐인으로 만드는 강력한 마약이었다. 나라를 잃고 희망을 잃은 사람들 사이에서 독버섯처럼 번지는 마약으로, 나주 사람들 사이에서 은밀하게 거래되고 있었다.

중국에서는 이 마약 때문에 전쟁을 치르고, 나라 전체가 곤욕을 치르고 있었다. 때문에 일제는 조선에서의 마약을 엄격하게 통제하고 있었고, 잡히면 큰 처벌이 뒤따랐다.

"전 진짜 모르는 일입니다. 저 자식 가방에 들어있었습니다."

"그럼 가방을 훔치려 했다는 건 인정하는 건가?"

"네........ 아니, 훔치려는 건 아니고, 그냥 한번 구경 좀 해보려고........"

순사의 물음에 왕초는 대답이 꼬여버렸다. 엉겁결에 자신이 가방 도둑임을 인정해버렸다.

"우린 광주고등보통학교에 다니는 학생들입니다. 설사 아편을 한다고 해도, 불심검문이 있을 줄 뻔히 아는데, 가방에 아편을 넣고, 기차를 타지는 않습니다. 그렇게 멍청하지 않습니다."

순사는 용민이의 말을 듣고는, 왕초와 일당들을 데리고 기차에서 내렸다.

기차는 다시 나주역을 향해 출발했다. 용민이는 그제야 한숨을 길게 내쉬었다.

용민이 가방에 태극기가 있었는지는 확실히 모른다. 하지만 지금 용민이 가방에 뭐가 들었는지는 중요하지 않았다. 중요한 것은 용민이 대신 왕초가 붙잡혀 갔다는 것이었다.

용민이는 내게 쓸모 있는 친구였다. 그는 내 앞길을 열어줄 열쇠 같은 친구였기 때문이다.

왕초와는 7년 만의 우연한 만남이었지만, 심장이 뛰는 건 여전했다. 그에게 맞고 자란 기억 때문이었다. 나는 애써 태연한 척 용민이 앞에서 웃음을 지었다.

2. 용민이의 노트

시크릿 프로젝트

용민이는 덜컹거리는 기차 안에서 뭐에 홀린 듯 창밖만 바라보며 별말이 없었다.

"뭘 그렇게 보는 거야?"

"장군."

"장군? 무슨 장군? 누구? 어디에.......... 없는데?"

그는 내게 자신의 낡은 노트를 건넸다. 시가 적혀있었다.

왜적 무리 씨도 없이 죽이려 했으나

포획한 것 헤아림에 수백에 불과하니

하늘이여 통곡하노니

적들은 나의 갈 길 뒤쫓지 말라 하소서 [1]

"이 시를 쓴 장군. 그가 저기서 태어났거든."

그의 손가락이 가리키는 곳에는 빈 들판밖에 없었다.

덜컹거리는 기차는 들판을 지나, 송정역을 지나 남평을 향하고 있었다.

시의 내용 자체만으로도 놀랐지만, 시를 대하는 용민이의 행동은 더 놀라웠다.

해석에 따라 뜻이 달라지는 게 문학이라지만, 헛것을 보게 만든다는 소리는 못 들어봤기 때문이다.

"너 약방에 가 봐야 되는 거 아냐? 대체 누가 보인다는 거야?"

"시를 읽을 때면 눈앞에 나타났다가 금세 사라져버리는 장군이 있어."

"도대체 누가 어디 있다는 거야?"

"의병이 기손 장군."

용민이는 반란군의 이름을 거침없이 말했다.

---

1). 이기손 장군 시 인용

조선의 역사. 그중에서도 반란군에 역사는 학교에서 가르쳐주지 않았다. 반란군을 의병이라 칭하는 것만으로도 헌병대에 끌려가기 때문이다.

용민이는 노트에 적힌 시의 나머지 부분을 더 낭독하려했다.

나는 용민이의 입을 막았다. 그리고 다시 주변을 둘러봤다. 다행히 주변 사람들은 자기네들끼리 얘기하느라 정신이 없었다.

"미쳤어! 일본 순사라도 들으면 어떻게 하려고?"

"왜? 별로야? 그럼 이순신의 난중일기 한번 들려줄까?"

나는 그의 손에서 노트를 빼앗아버렸다.

"대체 어디서 이런 불온한 글들을 옮겨 적은 거야?"

"불온한 글? 이게 왜 불온한 글이야?"

"학교에서 못 읽게 하는 건, 다 그만한 이유가 있는 거야! 이런 책들만 보니까 눈앞에 자꾸 헛것이 나타나는 거야."

"조선에는 의병이 필요해. 일본 놈들 종노릇을 배우는 학생이 아니라 의병."

"야!"

독서모임 때문이었다. 용민이가 헛것을 보고, 위험한 말을 내뱉기 시작한 것은 모두 다 그 불온한 모임 때문이었다. 겉으로는 모여서 인문학 공부를 한다지만, 그건 핑계에 불과했다. 그들은 학교에서 가르쳐주지 않는 불온한 역사들을 공부하고 있었던 것이다. 물론 모든 독서회가 불온하지는 않았다. 대부분의 독서모임은 공부를 위해 만들어졌다.

대표적으로 광주중학교에 편입을 목표로 방과 후 공부하는 모임이 그런 모임들이었다.

광주중학교(지금의 광주고등학교)는 일본인 학생들이 다니는 학교였다. 6학년 과정인 광주중학교는 졸업하면 바로 고등전문학교(지금의 대학교)로 진학이 가능했다.

하지만 용민이와 나 같은 조선인 학생들이 다니는, 광주고등보통학교는 5년제에 불과했고, 졸업해봤자 곧바로 고등학교(지금의 대학교)에 진학하는 것이 불가능했다.

조선인들이 다니는 광주고등보통학교 졸업 가치는, 일본인들이 다니는 광주중학교의 4년 과정에 불과했다. 때문에 조선의 고등학생이 대학 입학 자격을 가지려면, 일본학생들보다 2년이 추가로 필요했다. 2년을 추가하는 방법은 2가지였다. 경성제국대학 예과 2년을 수료하거나, 아예 일본인이 다니는 중학교로 편입해서 졸업해야 했다. 그런데 절망적인 것은 이렇게 어렵게 고등학교를 졸업해도 대학에 가기가 어려웠다.

조선에서는 대학이 딱 1개밖에 없었기 때문이다. 경성에 있는 '경성제국대학'이 전국에서 유일한 대학이었다.

한마디로, 조선학생들은 대학에 가지 말라는 뜻이기도 했다.

조선총독부 입장에서는, 대학까지 나온 조선인의 숫자가 많아지는 것을 원치 않았다.

학생들이 고등보통학교만 다녀도, 사고가 오염돼서, 나라를 어지럽힌다고 생각했다.

실제로 만세운동이다, 독립운동이다 해서 나라를 시끄럽게 하는 놈들은, 소위 배웠거나 배우고 있는 놈들이 많았다. 이런 이유로 일본은 조선인들이 교육을 통해, 요구가 많아지는 것을 가장 경계했다.

이런 이유로 일본의 교육정책에 대한 조선인 학생들의 불만은 높아있었다.

결국 조선인 학생들은 대학에 가기 위해 다른 방법을 모색했다.

바로 일본 본토로 유학을 가는 것이었다.

그나마 이것도 3.1운동 덕분이었다. 3.1운동 이전에는 대학 가는 것이 거의 불가능했었다.

어려운 과정을 극복하고서라도, 일본대학 진학을 꿈꾸는 학생들은 점차 늘어났다.

순수한 독서모임은 이런 이유로 생겨났고, 그래야 마땅했다.

문제는 그중에서 정체를 알 수 없는 독서모임들이 끼어있었다는 점이다.

용민이가 가입한 비밀 독서모임이 그랬다. 목적이 공부가 아닌 다른 것에 초점이 맞춰져 있었다.

용민이의 노트를 찬찬히 들여다봤다.

누구의 것인지 알 수 없는 시들과, 일기 비슷한 글들. 그리고 조선의 역사에 관한 글들이 적혀 있었다. 일본중학교(지금의 광주고등학교 위치) 진학과는 아무 상관없는 글들뿐이었다.

"어때? 마음에 들어? 너도 우리 독서모임 들어올래?"

노트를 심각하게 보고 있는 내게 용민이가 떠보듯이 말을 건넸다.

"아무나 들어갈 수 있는 거야?"

"물론 아무나 들어올 수는 없지."

"그래? 그럼 입회 조건이 뭔데? 혈서라도 써야 하나?"

"아니! 넌 이미 조건을 통과했어!"

"뭐? 난 아무것도 안 했는데?"

"내 친구잖아. 그거면 돼. 우린 철저하게 추천 방식으로 회원을 선발하거든."

"그래? 근데 난 아직 모임에 입회한다는 말은 안 했는데."

"일단 한번 와 봐. 근데 우리 모임, 비밀모임인 거는 알고 있지?"

독서모임에 가입권유는 내가 처음이라고 했다. 비밀로 움직이는 모임에 특성상, 모임에 대해서 쉽게 말하지 않았기 때문이라고 했다.

이렇게 나는 놈들 조직에 들어가는 첫 단추를 자연스럽게 통과했다.

노트를 덮으려는 순간 누군가 내 손에서 용민이의 노트를 낚아챘다. 구로다였다.

나는 구로다를 쳐다봤다.

"뭘 쳐 웃고 지랄이야, 조센징!"

그러자 용민이가 구로다를 향해 소리쳤다.

"뭐하는 짓이야! 당장 돌려줘!"

구로다는 용민이를 노려봤다. 그러자 용민이가 주먹에 힘을 주며 구로다 앞으로 다가가 얼굴을 들이밀었다. 용민이가 구로다의 멱살을 잡으려는 순간 내가 둘 사이에 끼어들어갔다. 그러자 구로다가 인상을 쓰며 내게 고함을 질렀다.

"뭐야. 이 새끼 어딜 끼어들어, 쥐새끼마냥!"

"내가 다 잘못했어. 그냥 돌려줘!"

용민이는 계속해서 사시키의 멱살을 잡으려했다. 내가 용민이의 손을 잡았다.

"참아줘. 제발! 날 위해 참아줘. 부탁할게."

용민이는 계속해서, 구로다를 노려봤다. 구로다는 그런 용민이를 향해 욕을 쏟아냈다.

흥분한 용민이가, 나를 제치고, 구로다의 멱살을 잡아 창가에 밀어붙였다.

용민이의 눈빛에 살기가 돌았다. 조금 전 왕초를 노려봤을 때와는 다른 눈빛이었다.

구로다의 멱살이 아니라, 목을 잡아 뜯어버릴 것 같은 눈빛이었다.

겨우 떼어진 둘은 여전히 서로를 노려보고 있었다.

"눈 안 깔아! 노트 따위가 뭐라고! 너 한번만 더 눈 그렇게 뜨면 뽑아버린다!"

구로다는 용민이의 노트를 내 얼굴에 던지고 다음 칸으로 사라졌다. 큰 소리를 쳤지만 구로다의 눈빛은 심하게 흔들리고 있었다. 얼굴이 붉어진 구로다는 분을 삼키며 서둘러 자리를 피했다. 용민이는 매서운 눈빛뿐만 아니라, 호랑이 같은 움직임을 가진 아이였다. 주먹은 돌 같아서 그에게 멱살이 잡힌 아이들은 대부분 그 기에 눌려 그대로 주저앉았다.

기차는 어느새 노안을 지나 나주로 향하고 있었다.

"참아줘서 고맙다."

"다음에는 참지 마! 참아주니까 계속 괴롭히는 거야."

구로다가 사라진 곳에서 기영이 누나가 나타났다.

"너희였구나? 애들이 웅성여서 와 봤더니."

"응, 누나 아무것도 아녜요."

턱밑까지 여민 흰색 저고리에, 구김살 없는 치마를 입은 누나를 보자, 주변마저 환해지는 것 같은 느낌이 들었다. 누나는 보름달 같은 표정을 지어 보이며 내 손에 뭔가를 건네줬다.

"자! 선물."

노란색 한지에 싸인 뭉치는 크기에 비해 가벼웠다. 왕초에게 뺏긴 아편 뭉치가 생각났다.

"뜯어봐도 돼?"

"그럼 당연히 뜯어봐야지."

목화로 짠 무명 목도리가 들어있었다. 나주에서도 솜씨가 좋기로 유명한 옷가게 집 딸답게 촘촘하게 짜서 완성한 명품 목도리였다. 그녀는 목도리를 뒤집어 보여줬다. 거기에는 노란색으로 천연염색이 돼 있었다.

"예쁘지? 이쪽만 부분적으로 시도해본 거야. 어때?"

"와, 진짜 누나가 한 거야?"

"그럼. 너한테 감아보고 반응 좋으면, 내 저고리에도 시도해보려고."

누나의 생글생글한 눈망울에도 화려한 저고리가 담겨 있었다.

"미역국도 아직 못 먹었지? 용민이랑 우리 집 들러서 먹고 가. 누나가 금방 해줄게."

"그래, 먹고 가! 어차피 집에 가도 아무도 없잖아."

용민이의 배려를, 내 마음이 맛있게 삼키지 못하고, 토해내 버렸다.

"있거든! 부모님이 내 생일이라고 일찍 들어오신다고 했거든."

거짓말이었다. 그들은 오늘이 내 생일인 줄도 모르고 있었다.

생일뿐만이 아니었다. 나와 함께 사는 그들은 나에 대해 모르는 게 더 많았다.

그들은 진짜 내 부모가 아니었다. 나 또한 그들에 자식도 아니었다.

우린 그저 가족 흉내를 내며, 각자의 역할에 충실하게 살아가는 가짜 가족이었다.

"그래. 그럼 다음에 또 보자. 암튼 생일 축하해, 상태야."

누나는 우리 쪽을 향해 손을 흔들며, 자신에 친구들이 있는 칸으로 이동했다.

나도 고맙다는 표시로 손을 흔들었다.

하지만 내가 태어난 날을 축하 받고, 기념 받는 것은, 미안하고 어색한 일이었다.

남의 생일을 이용했던 어린 시절의 기억 때문이다. 왕초를 따라 거리를 떠돌던 시절, 우리는 남의 생일잔치에 자주 갔다. 물론 대부분 초대받지 않는 방문이었다. 다행히 쫓겨나지 않았고, 평소 맛보기 힘든 음식들과 공연들도 구경할 수 있었다. 술과 사람에 취하고, 볼거리에 취해 참석자들의 긴장이 풀려있는 시간. 그 시간이 우리가 소매치기하기 가장 좋은 시간이었다. 그 시간 손님들은 자신의 주머니가 털리는지도 몰랐고, 나중에 알아차리더라도 자신들의 칠칠치 못함을 탓할 뿐, 누구를 의심하거나 문제 삼기가 어려웠다.

우리는 사람들의 눈을 속였을 뿐 아니라, 마음까지 속인 것이다.

왕초와 헤어진 지금 나는 정반대의 임무를 수행하고 있는 중이었다.

생일의 방해꾼들을 감시하고 제거하기 위해 주변을 살피고 있는 중이었다. 남을 속이며 살아왔던 경험을 살려서 말이다.

그것이 처음으로 내 생일을 축하해준 사람에게 보답하고, 새로운 나로 태어나는 일이라고 확신했기 때문이다.

3. 가짜 가족

시크릿 프로젝트

처음으로 내 생일을 챙겨준 것은 사사키 어르신이었다. 그는 내게 가족을 만들어준 분이기도 했다. 사사키와 처음 만난 것은 나주경찰서 유치장에서였다.

"너, 나 따라갈래?"

사사키는 또박또박한 조선말로, 그것도 전라도 말씨로 내게 말했다. 너무나 유창한 조선말을 해서 처음에는 당연히 조선 사람이라고 생각했다.

하지만 함께 온 일본순사들에게는 더 유창한 일본말로 지시를 하고 있었다.

나중에 안 사실이지만 일본 사람인 사사키가, 조선말을 배우고 연습한 것은, 조선에 대한 욕심 때문이라고 했다. 같은 이유로 나는 일본의 언어와 문화를 몸으로 익혔다.

사사키를 처음 만나던 그날 내가 나주경찰서 유치장에 있었던 이유는 왕초 때문이었다.

왕초를 따라 소매치기를 하다 걸린 것이었다. 그날 사사키를 만나지 않았다면, 나는 지금도 왕초를 따라다니며, 나주 양반집 어귀를 돌고, 좀도둑질을 하며 살고 있었을지 모른다.

"어떻게 할래? 나 따라갈래? 그럼 여기서 당장 꺼내주지."

사사키가 두 번째 물었을 때, 내 질문은 딱 하나였다.

"밥은 먹을 수 있나요?"

내 물음에 사사키는 순사를 향해, 멋쩍은 미소를 지어보였다.

사사키의 눈짓 한 번에 일본순사는 곧바로 유치장 문을 열었다. 그때 안심을 했다.

밥을 먹을 수는 있겠다는 확신이 들었다.

일본순사를, 가벼운 미소로 제압해버리는 사람이라면, 밥뿐 아니라 나를 왕초에게서도 벗어나게 해줄 거라는 확신도 들었다.

그때가 내 나이 겨우 11살 때의 일이었다. 사사키를 따라 경찰서 문을 나왔을 때 양복과 한복을 각각 차려입은 아저씨와 아줌마가 서 있었다. 그들도 나와 마찬가지로 사사키에 의해 유치장 문을 나온 사람들이라고 했다. 그리고 지금은 내 보호자 역할을 하며 함께 살게 된 사람들이었다. 나는 그들을 아저씨와 외숙모라 불렀다.

내 진짜 부모가 누구인지는 모른다. 내 기억의 시작은 왕초가 나를 주웠을 때부터이기 때문이다. 그래서 버려졌다는 게 어떤 감정인지도 잘 몰랐다. 그저 도둑질하고, 얻어먹고, 경찰서를 드나드는 춥고 배고픈 일상이 익숙할 뿐이었다. 버려짐에 대한 공포를 생긴 것은 사시키의 집에 들어가고부터였다. 그곳은 따뜻하고 안전한 곳이었기 때문이다.

따뜻하고 안전한 집에 대한 애착은, 춥고 위험한 곳에 공포를 깨닫게 해줬다.

그것은 버려짐에 대한 공포였다.

사사키의 집은 언덕 위에 있었고, 한옥을 개조해 만든 일본식 대저택이었다.

우리가 들어서자 하인으로 보이는 조선인이 다가와 사사키의 가방을 들었다.

사사키는 우리를 정원 끝으로 데리고 가서 마을 아래쪽을 빙 둘러보게 했다.

"네 눈으로 보이는 모든 논과 밭이 다 내 거지."

사사키의 땅을 밟지 않고서는, 나주를 통과할 수 없을 것 같은 큰 규모의 땅을 가지고 있었다. 들판은 황금색으로 변해있었고, 흰 옷을 입은 조선 사람들이 분주하게 벼를 수확하고 있었다. 저들이 땅의 원래 주인들이라고 했다. 양반들에게서, 일본인에게로 땅 주인이 바뀌는 동안, 농부들은 제 논에서 소작농으로 살아가고 있었다. 말이 좋아 소작농이지, 개미처럼 주인의 논과 밭을 일구는 노비들이 되어있었다.

저택의 하인 중 한 명이 나와서 우리를 언덕 아래 작은 한옥으로 안내했다.

그곳이 우리가 살 곳이라고 했다. 집뿐만이 아니었다. 그는 내게 땅 부자가 되는 방법도 알려줬다. 사시키는 돈을 빌려주는 사채를 통해 조선인의 땅을 빼앗아 부자가 됐다고 했다.

사정이 급한 농민에게 돈을 빌려주고, 높은 이자를 붙여서, 못 갚으면 땅을 빼앗는 방식이었다. 설사 돈을 빌린 조선 농민이, 돈을 갚기로 정해진 제 날짜에 돈을 들고 찾아와도, 문을 걸어 잠그고 자리를 비웠다고 했다. 그렇게 약속된 제 날짜를 못 지키게 만드는 기술도 알려줬다.

나주에서 제일가는 일본인 땅 부자 사사키가, 우리 같은 소매치기와 사기꾼을 불러 따뜻하고 안전한 집까지 제공해주는 이유는 분명했다. 더 크게 훔치라는 것이었다.

"큰 도둑질을 해야지! 좀도둑질이나 하니까 경찰서를 못 벗어나는 거야. 나 따라오면, 나처럼 될 수 있어." 나는 사사키의 저 말이 가장 마음에 들었다. 그는 삶으로 그 말을 증명해보이고 있었기 때문이다. 그래서 나와 아저씨 아줌마는 사사키와 함께 목적이 분명한 가족이 되어갔다.

4. 나주역

시크릿 프로젝트

기차의 속도가 줄어들었고, 증기 배출소리와 함께 나주역에 멈춰 섰다.

"악!"

개찰구 쪽에서 짧은 비명소리가 들렸다. 사람들이 개찰구를 향해 빠져 나갈 때였다. 용민이와 나도 가방을 챙겨 열차 문을 빠져나왔다.

"뭐하는 짓이야! 싫다는데. 어딜 만지는 거야!"

용민이와 나는 서로를 쳐다봤다. 익숙한 목소리였다. 우리는 소리가 들리는 쪽으로 뛰어갔다. 개찰구 앞에는 사람들이 둘러싸여 있었다. 그 중앙에는 구로다와 친구들이 낄낄거리고 있었다. 그리고 구로다 앞에는 새파랗게 질린 여학생이 얼음처럼 서 있었다. 기영이 누나였다. 용민이가 다가가 누나를 어깨로 감쌌다.

"누나, 왜 그래."

"싫다는 데도, 와서 말 걸고, 내 앞을 가로막고, 내 쪽으로 몸을 밀치 길래 무서워서 도망치는데, 내 댕기머리를 당겼어."

"누가!"

누나는 손가락으로 구로다를 가리켰다.

용민이는 뒤돌아 구로다를 노려봤다. 구로다는 그런 용민을 향해 크게 웃었다.

용민이는 구로다를 향해 그대로 뛰어올라 날려 치기로 녀석의 가슴을 내리꽂았다. 구로다가 뒤로 넘어지자, 용민이가 올라타 녀석의 얼굴을 때리기 시작했다. 구로다의 친구들이 용민에게 다가가 발길질을 시작했다. 그러자 주변에 있던 조선인 학생들이 달려들어 구로다의 친구들을 붙잡아 세워 주먹을 날렸다. 그 광경을 본 다른 일본 중학생들도 몰려들었다.

나주역은 순식간에 일본학생과 조선학생이 뒤엉켰다.

"삑! 삑!"

곧바로 나주역에 근무하는 순사들이 쫓아왔다.

"어떻게 된 거야!"

"구로다가 우리 사촌누나를 먼저‥‥‥."

"짝! 짝! 퍽! 퍽! 퍽!"

용민이의 말이 끝나기도 전에 일본순사는 손으로 용민이 뺨을 내리쳤다. 주변에 있던 조선인 학생들이 말려봤지만 소용없었다. 순사는 용민이를 계속 내리쳤다. 맞고 있던 용민이가 순사의 손을 잡았다. 그리고 순사를 구로다처럼 노려봤다.

"이런 파가에로! 당장 놓지 못해!"

흥분한 순사가 용민을 향해 욕을 하며 호루라기를 불려고 했다. 내가 달려갔다. 순사에 호루라기를 붙잡았다.

"나리, 참으시지요."

"넌 또 뭐야! 당장 놓지 못해!"

"사사키 어르신의 집안일을 하는 사람의 아들입니다."

사사키의 이름들 들은 순사는 못마땅한 표정이긴 했지만, 결국 호루라기를 거둬들였다.

그가 호루라기를 불었더라면, 더 많은 순사들까지 달려들어 무차별 폭행이 이루어졌을 것이다. 나주지역 순사들에게 사사키는, 그의 종놈의 아들의 말까지 영향을 끼치는 존재였다.

사사키는 나주지역 일본 공무원들을 승진시킬 수도, 퇴직시킬 수도 있는 인물이었다.

순사는 기영이 누나를 포함해, 주변에 있던 학생무리를 모두 연행해, 나주경찰서로 끌고 갔다. 경찰서에 가서 가장 당당한 것은 기영 누나를 희롱한 구로다였다.

"개찰구가 좁아서 잠깐 손이 저 여자애 머리를 스친 것뿐입니다."

"거짓말이에요. 싫다는 데도 따라와서 말 걸면서 제 머리를 당겼어요!"

"조용히 해! 지금 구로다 말 듣고 있잖아!"

구로다는 억울하다는 표정으로 다시 순사에게 하소연을 이어갔다.

"사람들이 갑자기 몰려나와 나도 모르게 잠깐 스친 게 희롱입니까?"

"자네 말이 사실이라면, 그건 희롱이라고 볼 수 없지."

"제 말이 그 말입니다. 아시겠지만, 그 시간은 하교 시간이라 기차역에서 내리는 손님이 가장 많을 때입니다. 제 손이 저 여자애 머리에 잠깐 스친 것뿐입니다."

"그것뿐인가?"

"아닙니다. 사실은 한 가지 더 있습니다."

"뭔가?"

"사실 저는 보복을 당한 것입니다."

"그게 무슨 소린가?"

"며칠 전부터 저 여자애가 저를 계속해서 유혹해왔습니다."

참다못한 용민이가 구로다를 향해 소리쳤다.

"아니에요! 그게 무슨 소리야! 그따위 말도 안 되는 소리 그만 지껄여! 아니에요. 그 반대에요!"

"넌 조용히 하라고 했지! 구로다 말이 아직 안 끝났잖아!"

"왜 저딴 말도 안 되는 헛소리를 계속 듣고 있는 거요?!"

용민이는 계속 항의했다. 하지만 순사는 용민이의 머리를 내리쳤고, 유치장 철장 안으로 용민이를 밀어 넣고 닫아버렸다. 함께 끌려온 조선인 학생들이 항의하자 그들 모두 다 철장에 함께 넣고 문을 닫았다.

"계속하게! 그래서 어떻게 된 건가? 그럼 두 사람이 사귀게 되었나?"

"아니요. 일본사람 자존심이 있지요. 저는 저렇게 촌스러운 여자애에게 눈길도 주지 않았습니다."

"안타깝군! 자네가 잘 다독여줬다면, 오늘 여기까지 오지 않아도 됐을 텐데 말이야."

"그러게요. 따지고 보면 다 제 잘못입니다. 알아듣게 잘 타일러줬어야 하는데."

이번에는 기영이 누나가 순사에게 따졌다.

"왜 계속해서 제 말을 안 듣는 거죠!"

"확실한 증거가 없이 서로 다른 주장만 하는데, 양쪽 모두 잘 들어야 할 것 아닌가!"

"그럼 제 말부터 들었어야죠!"

"왜 그래야 하지?"

"제가 피해자니까요!"

"피해자? 누가 진짜 피해자인지는 들어보기 전까지는 모르는 거야! 지금 나는 피해자가 누군지 가려내는 중이야!"

순사는 기영이 누나를 노려보며, 심문을 시작했다.

"좋아! 말 나온 김에 자네에게 묻지. 자네가 구로다 군을 유혹을 했다는 말이 사실인가?"

"미쳤어요! 전 저 남자애 이름도 모른다구요. 통학하는 기차에서 몇 번 봤고, 전에도 몇 번 추근거려서 피해 다녔던 것이 전부라고요."

"여자애가 말투가 거칠군!"

"거친 말이 나오게 하잖아요. 지금 순사님이!"

"감히 순사에게 대들기까지 하고! 이렇게 기가 센 걸 보니, 남자애들에게도 일방적으로 당하지만은 않았겠군!"

"지금 무슨 소리를 하는 거예요! 다른 순사님 안 계셔요? 조선인 순사.......... 아니에요."

기영이 누나는 깊은 한숨을 쉬었다. 조선인 순사를 만나지 않은 게 그나마 다행이라고 생각했을 것이다. 조선인이 순사가 되면, 일본인 순사와 경쟁하기 위해 같은 조선인을 더 많이 잡아들였기 때문이다. 그러기 위해 더 많이 모욕하고 때리는 일이 많았다.

"그럼 계속 하지. 만약 구로다가 자넬 희롱했다면, 왜 꼭 자네를 희롱했지? 자네가 눈빛으로 구로다를 유혹하지는 않았나?"

기영이 누나는 대답 대신 한숨을 쉬었다. 그리고 뒤를 돌아 나를 봤다.

조선인 남학생은 모두 철장에 들어갔고, 나만 남았기 때문이다.

오해에서 비롯된 일이라고 사과하고, 일단 경찰서를 나오는 것이 정답이었다. 그것이 지금 상황에서 내가 할 수 있는 최선이고, 모두를 위한 결론이라고 생각했다.

그때 경찰서 문이 열렸다. 순사들이 자리에서 일어났다. 사사키였다. 사사키는 기영이 누나 옆에 앉아서 낄낄거리는 구로다에게로 향했다. 사사키를 본 구로다 얼굴에서 웃음기가 사라졌다. 사사키는 구로다를 노려봤다.

"내 아들이 여기 왜 있는 건가?"

"예, 별 거 아닙니다. 역에서 애들끼리 사소한 오해가 있어서."

"그렇군. 조사는 다 끝났나?"

"네, 구로다 군은 진술을 다 마쳤습니다. 함께 돌아가셔도 됩니다."

철장 안에 갇힌 용민이가 순사에게 항의했다.

"그냥 내보내면 어떡합니까!"

하지만 순사는 용민이를 향해 호통을 쳤다.

구로다가 사사키 어르신의 아들이라는 사실을 나주경찰서에서 모르는 순사들은 없었다.

사사키는 경성(지금의 서울)에 있는 조선총독부 비서관에게 직접 보고를 하는 사람이었다. 경성에 있는 총독부 비서관은, 총독 직속기관으로 비밀업무를 하는 곳이었다.

총독부는 사사키를 통해 전남의 정보를 수집하고, 관리했다.

때문에 사사키에게 잘못 보이면, 그대로 총독부에 보고가 될 수 있는 구조였다.

사시키가 이렇게 중요한 역할을 맡은 이유는, 나주라는 지역적 특성 때문이었다.

5. 나주

시크릿 프로젝트

　나주지역은 넓고 평평한 땅이 많았고, 물과 햇볕까지 풍부한 지역이었다.

　그래서 쌀이 잘 자라고, 옷을 만드는 원료인 목화가 많은 생산되는 땅이기도 하다.

　게다가 강을 끼고 있어서, 수확된 쌀을 운반하기도 좋은 땅이었다.

　군인들을 먹이고, 입혀야 하는 일본의 조선총독부에게 이곳 나주는 황금의 땅이었다.

　왜냐하면 전쟁을 준비 중인 일본에게, 군대를 유지해야 하는 일은 가장 중요하기 때문이다.

　일본군대가 유지되지 못하면, 일본이라는 나라 전체가 위험해진다는 뜻이기도 했다.

　쌀과 목화를 빼앗기 위해 일본은 나주와 영산포에 기차역과, 배가 드나드는 포구를 세웠다.

일본은 사사키에게 나주에 사는 조선 농민의 땅을 빼앗는 것을 허락했다. 대신 사사키는 나주에서 빼앗은 쌀의 많은 양을, 기차와 배를 통해 조선총독부로 보내는 일을 하고 있었다. 때문에 나주역과 영산포구뿐 아니라 시설과 치안 관리하는 경찰서까지, 사사키의 영향력이 안 미치는 곳이 없었다.

하지만 사사키에게도 늘 고민은 있었다. 바로 조선의 농민들이었다.

땅을 아무리 많이 빼앗았어도 그 땅에서 쌀과 목화를 재배하고, 수확하는 것은 어차피 조선 농민들이 해야 했기 때문이었다. 때문에 농민들을 잘 관리하는 일 또한 사사키에게는 중요한 일이었다.

만일 농민들이 단체로 농사를 안 짓겠다고 파업이라도 하면, 쌀 수확을 못했다.

수확을 못하면, 총독부에 바칠 쌀이 줄어들고, 총독부와의 관계도 끊어질 수 있었다.

때문에 사사키는 농민들의 행동을 감시하고, 동향을 파악해서 파업을 미리 막고, 농민들을 관리해야만 했다. 논밭에서 풀과 잡초를 뽑아, 쌀 수확을 관리하듯이 농민들 마음에 자라나는 불평불만이라는 잡초를 제거하거나, 아예 차단해야만 했다. 농민들 마음에 불평불만을 부추기는 잡초를 자라게 하는 것은 선동꾼들이었다.

나주에는 농민들의 권리를 강조하고, 교육을 했던 선동꾼들이 자라나고 있었다.

때문에 선동꾼들이 자라나는 것을 감시하는 것이 필요했다.

우리 가족은 그 목적을 위해 탄생한 것이다. 우리 가족은 선동꾼들의 존재를 파악해서 사사키에게 보고하는 비밀정보조직인 셈이었다.

처음 내 임무는 보통학교(지금의 초등학교와 중학교) 학생들을 감시하는 것이었다.

정확히는 학생들을 통해, 그들의 부모들의 단체행동을 감시했다.

나와 함께 사는 아저씨는 비밀경찰을, 아줌마는 중추원이라는 기관에 소속돼서 활동했다.

모두다 자신들의 신분을 숨긴 채 행동한다는 공통점이 있었다.

아저씨와 외숙모는 농민들뿐 아니라, 나주 시내 조선 노동자들의 모든 움직임을 감시했다. 그렇게 취득한 정보는 모두 다 사사키에게 보고했다. 나도 마찬가지였다.

하지만 임무는 아저씨 아줌마에 비해 훨씬 간단했다.

첫째, 조선인 학교에 입학하기

둘째, 조선인 학생들과 친해지기

셋째, 친해진 친구들의 엄마아빠의 이야기를 보고하는 것이었다.

한마디로 나는 학생 비밀정보원이었다.

보통학교 시절에는 친구들을 사귀기 위해, 그들의 이야기를 많이 들어줬다.

들어만 줘도, 먼저 다가와 자신의 얘기를 털어놨다.

누가 누구를 좋아한다는 소문부터, 이기적인 친구 때문에 속상하다는 이야기까지 아이들은 먼저 다가와 내게 상담을 했다. 그리고 그중에는 자신들의 부모에 대한 이야기도 해줬다.

친해지면 그들의 집을 방문했고, 집안의 사정과 형편을 대충 파악할 수 있었다.

그런 사소한 정보들을 모아서, 함께 사는 아저씨나 사사키에게 전달했다.

나는 내가 정성스럽게 취득한 정보를 보고하는 시간이 제일 좋았다. 사사키는 내가 가지고 온 이야기보따리를 웃으면서 들어줬을 뿐 아니라, 칭찬도 자주 해줬다.

물론 처음에는 친구를 속인다는 죄책감이 들기도 했다.

그때마다 사사키는 내게 말했다.

"이건 나라를 위한 일이야! 그리고 동시에 모두를 위한 일이지."

친구를 속이는 건, 친구를 위하는 일이었다. 그날 이후 나는 당당하게 첩보를 수집했다.

무엇보다 이 임무를 잘 수행하는 것이, 내가 이 집에 머무를 수 있는 이유였기 때문이다.

사사키를 통해 나는 내가 하는 이 비밀스러운 일을 통해, 일본과 조선을 하나로 만들 수 있다고 생각했다.

그렇게 되면 나는 더 이상 숨어서 몰래 감시하는 비밀정보원이 아니라, 내 조국 일본을 확장한 자랑스러운 황국시민으로 살아갈 수 있었기 때문이다.

나 같은 조선인들이 황국시민으로서 협조만 한다면, 일본과 싸우는 일도 없을 것이었다.

하지만 모든 조선인들이 나 같지는 않았다.

용민이처럼 작은 일에 흥분하고, 사건을 키우는 조선인들이 많았다.

저들은 매사에 불평불만이 많고, 싸우기를 좋아하는 바보들이었다.

역사는 바뀌어서 우리나라는 일본이 되었는데도, 그것을 인정하지 못하고 과거의 나라 조선을 회복하려는 못난 바보들이었다. 이들을 감시하고 깨

우쳐 주는 것은 내가 그들에게 할 수 있는 최고의 선물이었다.

내가 가장 부러운 놈은 구로다 녀석이었다. 그는 비밀정보원을 하지 않아
도

사사키의 아들로서 모든 특권을 누리며 살아가기 때문이다.

보통학교를 졸업하고는 고등보통학교(지금의 중학교와 고등학교를 합친
과정)에 진학하기 위해 광주로 올라갔다. 물론 고등 보통학교에 진학해서도
비밀정보원 임무는 계속됐다.

달라진 것이 있다면, 감시 대상이었다.

고등보통학교에서 감시대상은 학부모뿐 아니라, 학생들 그러니까 학교
친구들 자체였다.

고등보통학교 학생 때부터는, 학생들 자체가 어디로 튈지 모르는 폭탄들
이었다.

오늘 나주역에서의 용민이의 행동이 그것을 말해주고 있었다.

청소년들이, 의욕만 앞서서 행동하면, 어떤 결과가 일어나는지를 말이다.

사사키는 구로다를 데리고 나주경찰서를 빠져나가기 전, 담당 순사를 따
로 불렀다.

그리고 순사의 귀에 대고, 뭔가를 지시했
다.

순사는 연신 고개를 끄덕였다. 사사키는
슬쩍 나도 쳐다봤다. 그것은 지시였다.

용민이를 비롯한 조선학생들을 잘 감시
하라는 사사키와 나만의 사인이었다.

사사키의 지시를 듣던 순사는 싸움에 가담한 일본 학생들을 향해 말했다.

"자, 나머지는 다들 돌아가라!"

내가 물었다.

"저 안에 있는 제 친구들은 어떻게 되는 겁니까?"

"저놈들은 아직 조사할 것이 남아있다."

순사의 지시에 따라 구로다의 일본 친구들을 모두 경찰서를 빠져나갔다.

하지만 용민이를 비롯한 순사에게 항의하던 학생들은 철장에 그대로 남아있었다.

기영이 누나가 순사에게 항의했지만, 순사는 오히려 기영이 누나를 향해 몽둥이를 들었다.

순사들에게는 재판 없이도, 사람을 내리칠 수 있는 권한이 있었다.

"말로 하니까 못 알아듣지! 조선 것들은 몽둥이로 다스려야 해!"

그러자 옆에 있던 동료순사가, 몽둥이를 든 순사를 말렸다. 그리고 말했다.

"몽둥이는 사태를 더 키우기만 해. 3.1사태(3.1운동) 기억 안 나?"

순사는 잠시 생각하는 척 하다가, 몽둥이를 거둬들였다.

사사키는 내게 3.1운동에 대해 얘기해준 적이 있었다.

조선인들이 한꺼번에 거리로 쏟아져 나온 사태라고 했다. 그리고 그 사태를 키운 것은 멍청한 일본 관료들이라고 했다. 조선인들을 자극해서, 불필요하게 사태를 키웠기 때문이라고 했다. 10년이 지났지만 3.1사태(3.1운동)의 결과는, 아직도 조선총독부에 큰 부담으로 작용하고 있다고 했다.

농민들을 관리해서 돈을 벌어야 하는 사사키는 일이 커지는 것을 가장 경계했다.

3.1사태(3.1운동) 당시 용민이의 친형인, 용삼이 형도 만세를 외쳤다.

그 일로 인해 용삼이 형은 일본순사에 잡혀 옥살이를 하고 나왔다.

용삼이 형이 경성에 있는 중앙고등보통학교를 다닐 때였다.

경성에 있는 중앙고등보통학교(지금의 서울 중앙고등학교)는 조선에서는 제일가는 학교였다. 그 학교에 가기 위해서는 성적이 매우 좋아야 했고, 돈도 많아야 했다.

그런 이유로, 한 동네에서 고등보통학교를 다니는 사람 자체가 많지 않았다.

그렇게 어렵게 들어간 학교에서 왜 만세운동을 해서, 문제를 일으키는지 이해할 수 없었다.

중앙고등보통학교는 졸업과 동시에, 높은 자리가 보장되는 출세의 지름길이었는데 말이다.

학생들뿐만이 아니었다. 3.1운동은 모든 조선 사람들의 마음에 불이 번진 사건이었다.

한번 타오른 마음에 불은, 전국 곳곳에 번져나갔고, 그 결과 많은 독립군들을 탄생시켰다.

3.1운동 이후 생겨난 독립군들은 해외 곳곳에서, 일본군들을 공격했고 많은 일본 군인들이 독립군들에 의해 죽거나 다쳤게 됐다.

급기야 중국에서는 대한민국 임시정부라는 독립운동 조직이 생기는 일까지 발생했다.

3.1운동은 우리 일본이, 조선인들의 마음속 불을 빨리 끄려다가, 오히려 전국 곳곳에 번지게 만든 일본의 뼈아픈 사건인 것이다.

이후 일본은 어쩔 수 없이 조선에 대한 태도를 바꾸기 시작했다.

때리고 죽이는 협박 대신, 사탕을 주면서 달래기로 한 것이다.

그래야만 조선인 마음에 번진 불을 끌 수 있다고 판단했던 것이다.

왜냐하면, 일본은 중국과 러시아 등 주변국과의 전쟁을 치르기 위해 준비 중이었고, 조선인들의 도움이 절대적으로 필요한 상황이었기 때문이다.

그날 이후 일본은 조선인들의 눈치도 보면서 조선인 마음속의 불을 끄려고 노력했다.

하지만 일본의 바람과 다르게, 조선인 마음속 불씨는 쉽게 꺼지지 않았다는 것이다.

여기저기서 크고 작은 마음에 잔불들이 화산처럼 타오르고 있었다.

결국 3년 전 조선인들 마음속 화산이 폭발하는 사건이 있었다. 조선의 왕이 죽어버린 것이다. 나라를 잃고, 힘없이 살다가 죽은 조선의 왕은, 조선인들 마음속 불씨를 되살려버렸다.

죽은 조선의 왕의 상여가 무덤으로 가던 1926년 6월 10일. 경성 시내에는 많은 사람들이 모였다. 조선 왕의 관이, 묘지로 가기 위해 시내를 지나가는 것을 보기 위해서였다.

만일의 사태를 대비해 일본은 군과 경찰이 곳곳에서 사람들을 막고 있었다.

하지만 결국 경찰의 저지선 사이로 분노의 불씨가 새어나왔다.

조선 왕의 상여가 경성의 종로3가 단성사를 지날 때, 누군가 대한독립만세를 외친 것이다.

용삼이 형이 다녔던, 중앙고등보통학교(지금의 서울 중앙고등학교)학생들과, 연희전문학교(지금의 연세대학교) 학생들 조선기독교 청년연합회(현재의 YMCA)학생들에 의해서였다.

1926년 6월 10일 새어나온 만세운동 이후 일본은 비로소 알게 됐다.

3.1운동 때 타올랐던 일본에 대한 조선인들의 분노의 불길은 전혀 잡히지 않았고, 언제든지 다시 타올라, 산과 들을 다 태워먹을 산불이고, 들불이라는 사실을 말이다.

그래서 사사키는 우리 가족을 만든 것이다. 자신의 재산을 훌러덩 태워버릴 수 있는 분노의 불씨를 미리 발견하고 경보하는 정보원 말이다.

순사는 내게 기영이 누나와 누나 친구들을 빨리 데리고 나가라고 손짓했다.

하지만 누나는 용민이와 함께 가겠다며 버텼다. 나는 기영이 누나를 설득했다.

"누나도 용삼이 형처럼 되고 싶어! 용민이가 저렇게 된 것도 다 지 형 때문이잖아."

"네가 우리 용삼이 오빠를 어떻게 알아?"

"용민이가 말해줘서 알지."

"용민이가 용삼이 오빠 얘기를 했다고? 너한테?"

"당연하지! 우린 친구 사이인데."

물론 용민이는 내게 자신의 형 얘기를 하지 않았다. 용민이는 형뿐만 아니라 자신의 가족 얘기는 잘 하지 않는다. 하지만 난 이미 그들 집안을 파악하고 있었다. 용민이네 가족은 특별감시 대상이었기 때문이다. 특히 박용삼은 요주의 인물이었다.

내가 용민이와 친하게 지낸 이유도, 아니. 접근한 이유도 박용삼의 뒤를 캐기 위함이었다.

사사키가 지금 가장 관심 갖는 것은, 나주를 중심으로 활동하는 청년조직이었다.

정확히는 박용삼이 속한 나주청년동맹과 신간회 나주지부의 행동을 예의주시하고 있었다.

이 조직들은 최근 주동자가 바뀌면서, 선량한 농민들을 자극하고 선동하고 있었다.

농민들의 소작료가 너무 작다고 하는가 하면, 농민들의 농사조건에 대해서도 따지고 들었다.

그러자 농민들의 의식에도 조금씩 변화가 불씨가 생겼다. 총독부에 대해, 안 하던 불평을 하고, 사사키에게도 제 몫을 요구하는 목소리가 생기기 시작한 것이다. 이런 현상은 사시키 뿐 아니라, 나주에 많은 논과 밭을 가진 나주지역 지주들에게는 큰 부담이었다.

당연히 조선총독부에게도 큰 부담이었다. 당연히 감시와 관리가 필요했다.

나주청년조직이 처음부터 총독부 눈 밖에 난 것은 아니었다. 오히려 그 반대였다.

초창기 청년조직은 나주지역 봉사와 지역발전을 위해 우리 조선총독부와도 긴밀하게 협조했다. 콜레라가 유행할 때는 일본과 힘을 합쳐 무료예방접종에도 나서고, 청년조직이 앞장서 일본의 중요성을 선전하기도 했다.

하지만 '이시우'라는 불순분자가 나주지역에 스며들면서부터, 청년조직이 오염되기 시작했다. 이시우도 박준삼과 마찬가지로, 3.1운동 때 사회운동을 하다가, 구속된 불순분자였다.

그래서 사사키는 아저씨와 아줌마를 시켜, 이시우를 감시하고 있는 중이었다.

나도 용민이를 통해 박용삼을 감시하고 있는 중이었다.

6. 비밀독서회

시크릿 프로젝트

기영이 누나와 함께 나주경찰서를 빠져나왔을 때는 이미 해가 진 뒤였다. 누나를 집까지 데려다주고 우리 집에 들어가자, 사사키 어르신이 기다리고 있었다. 주변을 살폈다. 다행히 주변에는 아무도 없었다. 사사키와 나의 관계는 비밀이었기 때문이다. 오늘같이 사사키가 직접 우리 집을 찾는 상황은 흔치 않는 경우였다. 우리는 정체를 드러내지 않기 위해, 은밀히 만났으며, 사시키 집으로 올라가서 보고를 하는 형식이었다.

"어르신, 어떻게 여기까지 오셨어요. 제가 댁으로 찾아뵈려고 했는데."

"나주역에서는 어떻게 된 거야?"

"구로다가 조선 여학생을 희롱했습니다."

"직접 봤어?"

"직접 보지는 못했지만, 정황상........"

"명확한 건 아니군. 그럼 직접 본 사람이 있어?"

"그 여학생의 친구들이 있습니다. 그리고 그 여학생들도 함께 희롱 당했다고 합니다."

"그럼 그들 말고는 없어?"

"구로다 자신이 인정했습니다. 접촉은 있었다고."

"접촉이 있었다는 거지, 희롱을 했다는 소리는 아니군."

"구로다는 그렇게 진술하고 있기는 합니다."

"좋아. 별건 아니군. 근데 왜 조선 애들이 그렇게 흥분을 하지?"

"요즘 들어 쉽게 흥분하는 일이 많은 것 같습니다."

"왜 그런다고 생각하니?"

"박용삼이 주도하는 나주청년동맹의 선동 때문인 것 같습니다."

"박용삼! 또 병이 도졌군! 농민들에게 전염되지 않도록 빨리 약을 뿌려야 해!"

"오늘 광주 신간회를 찾아갔는데, 한발 늦었습니다. 아지트를 옮기고 떠난 후였습니다."

"그럼 박용삼의 행방은 아직 파악 못한 거야?

"네, 죄송합니다."

"그럼 내가 준 약은?"

"그게.......... 기차에서 뜻밖의 훼방꾼을 만나서, 거기에 써버렸습니다."

"누구?"

"기억하실 겁니다. 왕초라고, 저 처음 만났을 때, 저 데리고 다니던 소매치기 두목."

"그놈이 아직도 이 근처에 있어! 더구나 너한테 시비를 걸었단 말이야?"

"네, 요즘은 기차역과 기차에서 소매치기를 하며 살고 있는 것 같았습니다."

"벌레 같은 놈. 암튼 다행이야. 그 많은 아편을 들고, 현행범으로 붙잡혔을 테니 오랫동안 나타나지 못하겠군."

"죄송합니다. 원래 목적대로 신간회에서 발견되게 했어야 하는데."

"괜찮아, 약은 많아."

"그리고 새로운 첩보를 들었습니다."

"뭔데?"

"새로운 비밀 독서회 조직이 생긴다고 들었습니다."

"그런 조직은 전에도 있었잖아."

"이번에 다른 것 같습니다. 중앙회를 중심으로 조직적이고 체계적으로 형성되고 있다고 합니다."

"파악된 것은?"

"박용민의 입에서, 반란군(의병) 이민준의 이름이 나왔습니다."

"뭐야! 그놈 입에서 왜 그 이름이 나와! 이민준. 그게 언제적 이름인데 다시 나와?"

"아마도 독서회라는 비밀조직에서, 반란군들(의병)에 대해 공부를 하는 것 같습니다."

"학생들이 왜 하필 반란군들을.......... 박용민이란 놈이, 박용삼의 동생이라고 했지"

"그놈들 모이는 장소가 어디라고?"

"광주 법원 맞은편에 새로 생긴 빵집이라고 들었습니다."

"법원 맞은편?"

"네!"

"넌 그냥 놈들의 계획만 알아내. 나머지는 광주경찰서에 연락할 테니까."

"네, 알겠습니다. 보고 올리겠습니다."

"막아야 해! 반드시 막아야 해! 광주까지 반란군(의병) 놈들이 득실거리게 해서는 안 돼!"

사사키의 얼굴이 붉어졌다. 눈에는 핏기가 서려 있었다.

"그놈은 우리 대일본제국의 피를 빨아먹는 악마 같은 놈이야! 그놈이 광주 시내에 나타나기라도 한다며.........."

사사키의 입술이 떨렸다. 그리고 멍하니 뭔가를 골똘히 생각했다.

"어르신, 괜찮으세요?"

"음, 나 물 좀."

나는 물을 그에게 건네며, 의자에 앉혔다.

그는 물을 한 모금 마시더니 20년 전에 있었던 얘기를 해줬다.

일본이 조선을 차지한지 얼마 지나지 않은 때의 얘기였다.

3.1운동이 일어나기 전 조선의 유학자 중에는 몇몇이, 사람들을 모아서 의병이라는 테러조직을 만들었다고 했다. 총과 칼로 무장한 테러조직들은, 산속에서 직접 총을 쏘고 사람을 쓰러트리는 군사 훈련을 했다고 한다.

그렇게 훈련된 무장조직들은, 일본 군인들과 직접 싸움을 벌였다고 했다. 조선 사람들은 그들을 의병이라고 칭했고, 그런 무장조직들은 전국에 있는 조선의 선비들에 의해 점점 더 퍼져나갔다고 했다. 그리고 오늘 용민이 입에서 나온 이민준이라는 테러리스트는 우리가 사는 나주와 함평 등지에서 테러를 일삼는다고도 했다.

그 말을 듣자, 용민이가 기차에서 혼잣말로 했던 말이 생각났다.

"저, 어르신. 용민이가.......... 봤다고 했습니다. 기차에 함께 있을 때, 창밖으로."

"누구를!"

"장군 이민준이라고 하는 소리를 제가 들었습니다."

사사키는 침을 삼키며 재차 물었다.

"누구를 봤다고? 이민준이를 직접 봤다고! 직접 눈으로!"

"어디에서?"

"기차 창밖.........."

"어디 역?"

"기차가 송정역에 멈춰 섰을 때입니다."

"거긴 이민준의 고향집이 있는 곳인데, 헛것을 본 것이겠지. 어린 학생 놈이 이민준을 어떻게 알아. 안 그래? 근데 진짜 두 눈으로 봤다고 했어?"

20년 전 도망쳤다가 다시 나타난 조선의 테러리스트는, 사사키를 횡설수설하게 만들고 있었다. 사사키는 놈의 위험성에 대해 더 말해줬다. 1908년에는 용진산에서, 이민준의 무장단체가 우리 일본군을 습격해 200명을 전사시키는 충격적인 일도 벌어졌다는 것이다. 이후 우리 일본군의 대대적인 반격으로, 이민준은 붙잡혔지만, 후송 중 도망쳤다고 했다. 그 이후 아직까지 잡히지 않았다고 했다.

그런데 다시 목격됐다는 장소가 하필 광주 근처였다. 사사키를 안절부절 못했다.

광주에서는 곧 큰 행사가 계획돼 있었기 때문이다. 일본 천황의 생일인 명치절이 그것이다. 일본에서 천황의 생일은 최대 명절이면서, 신성한 종교의식이다.

일본 사람들은 천황을 하늘이 내려준 인간신으로 모시고 살기 때문이다. 때문에 천황을 모독하는 것은, 신을 모독하는 것과 같은 큰일이었다.

"내일 당장 가서 그 독서회에 가입해. 놈들의 조직도가 중요해. 그걸 파악해! 그리고 확실히 물어봐. 진짜 본건지. 혼자 상상을 한 건지."

사사키는 내게 새로운 아편 다발을 건넸다.

사시키가 이토록 광주에 긴장을 하는 이유는 명치절 때문만은 아니었다.

7. 광주고등보통학교

시크릿 프로젝트

결국 재산이었다. 사사키가 나주 땅뿐 아니라, 광주에도 헐값에 사놓은 땅이 많이 있었다. 그래서 광주가 개발되기만 기다리고 있었다. 광주는 오래 전부터 행정관청과 학교가 들어서고 있었다. 뿐만 아니라 철도와 도로가 확장되는 계획이 있었다.

조선총독부는 광주에 교육과 문화시설을 확충해서, 전남 일대에 일본문화를 전파할 계획을 가지고 있었다.

전주, 나주, 목포에서 번 돈을 가지고, 광주에서 일본문화를 소비하도록 유도할 계획이었다.

사사키는 오래전부터 자신의 정보원들을 이용해, 조선총독부의 도시개발계획을 알고 있었다. 때문에 앞으로 광주의 땅값이 오른다는 것도 미리 알고 있었던 것이다.

광주 땅 중에서도 사사키가 유난히 눈독을 들인 곳이 바로 광주고등보통학교였다.

조선인 학생들이 다니는 광주고등보통학교를 차지한 다음, 일본인 엘리트만 다니는 명문학교로 만들 계획이었다.

도시의 기반시설이 갖추어진 광주에 명문학교가 자리한다면, 도시는 명문학교를 중심으로 발달한다는 사실을 알기 때문이었다.

그래서 사사키는 광주고등보통학교(지금의 광주제일고등학교)를 중심으로 땅을 미리 사두었다. 이제 그 중심에 있는 학교만 손에 넣으면 되는 일이었다. 그렇게만 되면 일본 본국에 있는 부자들도, 광주로 이끌어올 수 있을 것이고, 땅값은 더욱더 오를 것이기 때문이었다.

그것은 조선총독부와 광주시청이 가장 바라는 바이기도 했다.

일본 사람들을 조선으로 들어와 살게 하는 게 총독부의 목표였기 때문이다.

"그놈들 회합장소가 어디라고 했지?"

"혼마치(지금의 광주광역시 충장로) 중앙에 있는 빵집입니다."

"간 큰 놈들이군. 내일 한번 봐봐야겠군."

"직접 오신다구요?"

"내일 총독부에서 비서관이 광주에 오시기로 한 날이거든."

"무슨 일 때문에요?"

"호남은행에 들르신다고 하더구나. 행정 도시로써 광주의 실태를 점검하는 차원이지."

"축하드립니다. 어르신의 땅값이 금값이 될 날이 멀지 않았네요."

"지금 땅값이 문제가 아니다. 이민준이 정말 다시 나타난 거라면.........."

"그럼 혼마치의 도로도 더 크게 확장되는 겁니까?"

"그렇지 않아도 내일 비서관 모시고, 한번 광주역 주변으로 모시고 갈 참이다."

"그럼 내일은 광주역에 순사들이랑 헌병들이 있겠네요."

"비밀 정보업무를 하시는 비서관이 그렇게 티를 내고 다니면 되겠어. 조용히 다녀갈 생각이다. 물론 헌병들과 사복순사들이 배치되기는 하겠지만, 평상시와 다름없을 거야."

사사키는 시계를 보더니, 함께 온 하인과 함께 집으로 올라갔다. 나는 내 방으로 들어와 사사키가 준 아편을 가방에 넣었다. 아편은 사사키가 사람들을 다루는데 쓰는 무기였다. 중독 시키는 것을 통해 조선민중을 가축처럼 이용했기 때문이다. 그를 나주의 최고 땅 부자로 만들어준 고리대금도 일종의 아편과 같은 것이었다. 돈으로 유혹해, 올가미를 씌웠기 때문이다.

그래서 나주에는 이곳저곳에서, 아편쟁이들이 생겨났다.

나라를 잃고, 땅과 집을 잃고도, 희망이 보이지 않은 사람들이 탈출구로 아편을 찾았다.

일본 헌병들과, 경찰서 순사들은 아편하는 사람들을 마구 때리고, 잡아 가뒀지만 사사키는 뒤에서 몰래, 아편을 공급하고, 돈을 벌었다. 아편은 돈 벌기 쉬운 수단이었다. 일단 중독 시키면 충성고객이 돼서 재 구매율이 높았기 때문이다. 무엇보다 그는 아편을 이용해 불순분자 제거용으로도 활용했다.

아편을 줘서 중독 시키거나, 몰래 아편을 숨기고 밀고했기 때문이다. 나도 그런 사사키를 따라 정보활동에 아편을 이용했다. 나는 무서울 게 없었다. 뒤에는 사사키가 있었기 때문이다.

8. 국어 수업

시크릿 프로젝트

다음 날 용민이는 자리에 없었다. 물론 통학열차에서도 보이지 않았다.

일본어 선생님이 들어오자, 기다렸다는 듯 재석이가 손을 들고 질문을 했다.

"선생님, 용민이는 결석인가요?"

"박용민이는 당분간 못 나올 것 같다."

"왜 못 나오는 거예요, 선생님."

"몸이 안 좋아서, 며칠 쉰다고 했으니 다들 그렇게 알도록 이상. 교과서 꺼내."

질문을 던진 재석이는 이미 알고 있었다. 용민이가 나주경찰서에 있다는 사실을 재석이뿐만 아니라, 대부분의 아이들이 이미 퍼질 대로 퍼진 소식을 듣고 알고 있었다.

용민이가 속한 비밀독서조직원 중에 한 명에 의해 알렸을 것이 틀림없었다.

조선 학생들을 자극하고, 선동하는 것이 독서비밀조직의 목적이기 때문이다.

"그런데 선생님, 우리는 왜 국어시간에 조선어가 아닌 일본어를 배우나요?"

나카무라 선생님의 눈이 기차바퀴처럼 커졌다.

"이런, 파가에로! 너 이리 와!"

나카무라 선생님은 곧장 재석이에게 달려가 그의 뺨을 후려쳤다.

"조선 사람이, 조선어를 공부하고 싶은 게 잘못인가요?"

재석이는 물러서지 않고 재차 물었다.

"너도 박용민이처럼 감방 가고 싶어! 분명히 말해두지만, 우리 모두는 대일본제국의 자랑스러운 황국신민이다. 어디서 국어시간에 조선어 타령을 하느냔 말이다."

아이들은 침묵했다. 하지만 학생들 눈빛에서 분노라는 병균이 퍼져가는 게 느껴졌다.

사사키 어르신의 말처럼 교실 안은 선생에게 반항하는 병균이, 언제나 도사리고 있었다.

빨리 차단하지 않으면, 감기처럼 시작된 분노의 병균은, 독감과 폐렴으로 번지지도 모르기 때문이다.

수업이 끝나자 나는 곧장 시내에 있는 빵집으로 향했다.

장주성 빵집이라는 간판 아래에는 '휴일'이라는 팻말과 함께 빵집 문은 굳게 닫혀있었다.

문틈 사이로 갓 구운 빵 냄새가 새어나와, 내 몸속에 스며들었다.

주변을 둘러봤다. 그리고 고개를 숙여 문틈 사이로 가게 안을 들여다봤다.

앙꼬빵(단팥빵)에서 김이 스멀스멀 피어오르고 있었다.

천황의 생일을 훔쳐서 기념식을 망치려는 녀석들의 모략들도 함께 구워

지고 있었다.

빵 안에는 팥 대신 다른 무언가가 들어있을 수도 있겠다는 생각이 들었다.

중국에서 넘어온 독립군들이 중국과자 안에 밀지나, 돈을 넣는다는 소리를 들었었다.

당장이라도 들어가, 빵을 쪼개고 확인해보고 싶었다. 하지만 한걸음 물러났다.

자물쇠를 몰래 여는 순간, 비밀조직에 침투하는 통로가 닫혀버릴지도 모른다.

어쩌면 멀찍이서 나를 지켜보고 있었을지 몰랐다. 경계가 심한 녀석들이었다.

그럴만한 이유도 충분했다. 녀석들은 이미 조직을 해체한 경험이 있었다.

그때도 내부 조직원 중 한 명을 의심했기 때문이라고 들었다.

내 가방을 열자 사사키가 챙겨준 아편이 보였다.

보통학교(지금의 초등학교)를 다닐 때, 소작료 인상을 요구한 친구 집에 놀러가, 친구 부모님 몰래 그 집에 아편을 숨겨 놓고 나온 적이 있었다. 효과는 확실했다. 친구의 부모뿐 아니라, 함께 소작료 인상을 요구한 농민들도 한꺼번에 잡아들이는 쾌거를 이룬 것이었다.

9. 앙꼬빵

시크릿 프로젝트

빵집 안을 더 자세히 들여다보기 위해 얼굴을 문틈에 기대는 순간, 누군가 뒤에서 내 두 눈을 가렸다. 동시에 빵집 안에서 문이 열렸다. 눈이 가려진 채 가게 안으로 끌려 들어갔다. 발자국 소리 외에 아무소리도 들리지 않았다. 잠시 후 더 많은 발자국 소리가 들려왔다.

"계단 조심."

누군가 내 귀에 대고 말했다. 이윽고 내 발은 지하로 내려가는 계단이 밟고 있었다.

눈 주변에서 땀이 흘렀다. 이마에서부터 흘러내린 내 땀인지, 내 눈을 가린 녀석의 땀인지는 알 수 없었다.

지하로 내려오자 그들은 나를 의자에 앉혔다. 탁상 위에서는 타는 냄새와 함께 불빛이 느껴졌다. 한 녀석이 그 불빛을 내 얼굴 가까이 옮겼다. 금방이라도 나를 집어삼킬 듯 불빛은 이마와 턱을 오가며 춤을 추듯 움직이는 게 느껴졌다. 키득거리는 녀석들의 웃음소리가 새어나왔다. 침을 삼키며 타들어가는 목구멍을 진정시켰다.

두 눈을 감싸던 녀석의 손이 벗겨졌다. 이글거리던 불빛의 정체가 눈앞에 펼쳐졌다.

작은 초 여러 개가, 커다란 빵에 꽂혀 오밀조밀 타고 있었다.

주변에는 여섯 사람이 더 있었다. 지하실 안에서 총 7명이 나를 에워싸고 있었다.

"우리 독서모임에 온 것을 환영하네."

내 눈을 가렸던 녀석이었다. 녀석은 촛불 꽂힌 음식을 내 앞으로 들이밀었다.

"입으로 불어서 *끄게*."

"이게 뭐요?"

"케이크라고 하지. 서양의 생일 떡이라고 생각하면 아마도 비슷할 걸세."

넓고 평평한 늙은 호박 같은 빵 위에 희멀건 반죽이 올라간 빵이었다.

불을 끄면 빵이 폭발하는 건 아닌지 의심이 갔다.

폭탄을 터트려, 천왕의 생일을 망칠 수도 있기 때문이다.

녀석들이 반란자들(의병)과 내통해서 일을 꾸미고 있는 중이라면, 충분히 가능한 일이었다.

"이걸 왜 꺼야 하지요?"

"축하한다는 의미지."

만일 터트린다고 해도, 지금은 아닐 것이다. 녀석들도 함께 죽기 때문이다.

촛불을 불어 끄자, 그들은 박수를 치고는, 잘게 조각난 꽃잎조각을 내 몸에 뿌렸다.

작은 꽃잎조각들은 겨울에 내리는 눈처럼 내 온몸을 덮었다.

어디서 오는지, 어떻게 만들어졌는지 모를 감정이 아래에서 위로 솟아올랐다.

"이게 뭡니까?"

"기념일을 축하하기 위한 꽃잎들이라네."

불순분자들에게 내 첩보활동을 축하받고 있자니 묘한 감정이 들었다.

곧바로 칼로 케이크라는 빵을 잘랐다.

멀건 반죽이 흘러나왔다. 그리고 조금 전 문틈사이로 새어나왔던 구수한 향이 올라왔다.

"환영하네. 최상태 군. 난 이 빵집의 주인 장주성이라고 하네."

그는 손을 내밀며 정식으로 내게 다시 인사했다.

"반갑습니다. 용민이 소개로 왔습니다. 최상태라고 합니다."

나고 고개를 숙여 인사를 했다.

장주성은 케이크를 사람 인원수만큼 잘라서, 내게도 한 조각 건넸다.

반죽 때문이었는지, 빵은 부드럽고, 달았다.

"맛있지? 나주에서 가져온 배로 만든 잼이라네."

먹을수록 맛있었다. 마치 아편처럼 중독될 것만 같았다.

"저도 여기서 빵 만드는 거 배울 수 있나요?"

"우리 독서모임에 들어온다면 내 얼마든지 가르쳐주지. 마침 반죽 중이었는데 이리 오게."

장주성은 옆에 있던 밀가루 반죽을 가지고 왔다. 반죽은 이미 완성되어 있었다.

반죽을 떼어 밀대로 밀어서 편 다음, 앙꼬를 넣으면 끝이라고 했다.

하지만 생각보다 쉽지는 않았다. 여러 번 시도한 끝에 못생긴 앙꼬빵을 만들었다.

나는 계속해서 빵을 만들었고, 그러는 사이 그들은 귓속말로 은밀한 대화를 주고받았다.

쾅! 소리와 함께 1층에서 여러 사람이 들어오는 소리가 났다.

장주성이 뛰어 올라갔다. 나머지도 따라 올라갔다.

나는 지하에는 나 혼자 남아 있었다. 조용히, 반죽에 앙꼬 대신, 아편을 집어넣었다.

아편이 들어간 빵을, 다른 빵 바닥에 X 표식을 하고, 나도 계단을 타고 위로 올라갔다.

코지 형사가 순사들을 데리고 와 있었다. 코지는 광주경찰서 특별고등 계 소속의 경찰로서 정보계 중에서도, 정치범을 추적하는 형사였다. 예상 치 못한 등장이었다.

코지 형사와 나는 눈이 마주치자 피했다. 내 정체를 보호해주기 위한 차 원에서였다.

장주성이 코지 앞을 가로막고 섰다.

"무슨 일이요?"

"가게 문을 닫아놓고, 안에서 무슨 일을 하고 있었나?"

"동료의 생일을 축하해주고 있었소만."

"그런데 가게 문은 왜 닫았나?"

"정기휴일일 뿐이요. 그게 무슨 문제라도 되는 거요!"

"문제가 있는지 없는지를 살펴보러 온 것이다."

코지는 순사들을 데리고, 우리가 있었던 지하로 곧장 내려갔다.

빵을 만들기 위한 요리 기구들과, 케이크가 차려진 탁자만 있을 뿐이었 다.

코지와 순사들은 다시 1층으로 올라왔다. 우리도 그들을 따라 올라왔다.

"장주성! 너는 내가 항상 주목하고 있다는 사실을 잊지 마라!"

장주성은 특별고등계 형사들에게는 늘 언제나 관심의 대상이었다.

나도 장주성에 대해서는 이미 알고 있었다. 그는 이미 우리학교에서 전 설 같은 존재였다.

광주고등보통학교를 다닐 때부터, 비밀조직을 만들어 학생들을 선동한 전력이 있었기 때문이다. 그 조직도 결국 코지 형사에 의해 발각됐고, 그게 계기가 돼서 해체되었다.

장주성은 그 후 일본으로 유학을 갔다.

사람들은 당연히 일본에 있는 대학을 나와, 은행이나, 식산회사에 취업할 줄 알았다.

고등보통학교를 졸업하고, 일본 유학까지 갔다 왔다면, 조선의 최고의 신분이 될 수 있었기 때문이다. 하지만 그는 2년 만에 귀국했고, 좋은 자리를 마다하고 돌연 빵집을 차렸다.

그런 돌출 행동 때문에 그는 또다시 정보계 형사들의 관심 대상이 될 수밖에 없었다.

코지는 순사들을 데리고, 빵집 문을 나섰다. 우리는 다시 지하로 갔다.

그런데 그 사이 두 사람이 사라지고 없었다.

빵집 문의 입구는 1층에 하나뿐이었고, 나간사람은 코지 형사와 순사들밖에 없었기 때문이다.

10. 김 기호 문방구

시크릿 프로젝트

"아까 있던 두 사람은 어디로 사라진 것입니까?"

"마술이지."

그는 슬쩍 웃으며, 케이크가 차려진 탁상을 앞으로 밀었다. 그러자 바닥이 열렸다.

장주성이 앞장서서 들어가고, 나머지도 따라 들어갔다. 좁은 통로가 나왔다.

우린 한 줄로 어두운 통로를 따라 들어갔다. 아무것도 보이지 않아서, 앞사람의 발소리를 듣고 찾아가야만 했다. 다행히 얼마 지나지 않아, 반대편 통로의 문이 열렸다.

계단을 따라 올라가자, 여러 가지 학용품이 진열된 지하 창고가 나왔다. 또다시 계단을 타고 올라갔다. 그러자 문방구가 나왔다. 자세히 보니, 빵집 바로 옆에 있던 문방구였다.

"어서 오시게. 김기호 문방구에 온 것을 환영하네."

조금 전 사라졌던 두 사람 중 한 명인 남자가 진열대 앞에 있었다.

"소개하지. 여긴 김기호라고, 이 문방구 사장님이지, 그리고 우리 독서 모임의 회계를 담당하고 있어."

"안녕하세요. 그런데 왜 사라지셨어요?"

"도망친 거야. 우린 전과가 있어서, 한꺼번에 같이 모여 있으면 의심부터 하니까."

밖에서 가판대를 정리하던 여학생이 문방구 안으로 들어왔다.

"아, 그리고 저건 내 동생. 장수현이라고 하지. 광주여자고등보통학교에 다닌다네."

"반갑다. 박기영 알지? 걔랑 같은 반 친구야."

"네, 반갑습니다. 누나."

한쪽으로 땋은 머리에, 안경을 쓰고 있는 전형적인 모범학생 이미지였다.

한쪽 구석에는 곰같이 생긴 형이 앉아 있었다. 종이에 뭔가를 계속 적고 있었다.

그리고 완성한 문장을 가지고 우리 앞에 왔다. 장주성은 그 문서를 받아서 한참을 보더니 김기호에게 건넸다.

"내용이 너무 많지 않나? 이렇게 길면 메시지가 잘 전달이 안 될 것 같은데."

이번에 장수현이 종이를 받아서 점검했다.

"하나 빠진 게 있어요."

"뭐지?"

"우리는 여성의 독립을 선언한다."

"좋은 생각이군! 하지만 지금은 꼭 필요한 것만 넣자!"

"조선의 독립 못지않게, 여성의 독립은 꼭 필요합니다. 오빠."

"그렇긴 하지만, 그렇게 하면, 목소리가 분산될 것 같다."

"이번 나주역 사건은 남성이 여성을 희롱한 사건입니다. 이 문구는 꼭 들어가야 합니다."

문구 하나를 가지고, 그들은 쓰고 지우기를 반복했다.

그렇게 몇 번의 수정을 거치며 그들은 문장을 고치기를 거듭했다.

"자, 이제 된 것 같다. 이 정도면, 외치기도 쉽고, 메시지도 확실한 것 같군."

장주성 선배는 완성된 문장을 내게 건넸다.

우리는 대한제국의 자랑스러운 자손으로, 일본에게 요구한다.

첫째, 우리는 조선 민족의 해방을 요구한다.

둘째, 일본 제국주의 식민지 교육정책을 반대한다.

셋째, 언론, 출판, 집회의 자유를 보장하라!

대한독립 만세! 만세! 만세!

"어때? 간결하고 좋지?"

글의 내용은 이 모임에 불온한 성격을 그대로 드러내고 있었다.

"이게 뭔가요?"

"격문이야. 내일 모레가 성진회가 결성된 지 3주년 되는 성진회 생일이지."

"근데 3주년에 왜 격문을 작성하죠?"

"생일 축하를 위해 뿌려지는 꽃잎들이라고 생각하면 되네."

"그럼 이걸 뿌리겠다는 건가요?"

"맞아. 그거야."

천황의 생일을 망치자는 말이었다. 명치절 행사는 새벽처럼 고요하게 경건하게 진행되는 의식이기 때문이다.

"그럼 이 격문도 당일인 내일 모레 나눠주는 건가요?"

"모래는 일요일이야. 그러니까 격문은 하루 전인 내일 학교에서 나눠줘

야지.”

“그럼 내일 격문을 받아서, 내일 모레 다시 모이는 건가요?”

“모이긴 왜 모여? 각자의 집에서 만세를 부르고, 격문은 이웃에 뿌려지는 거지.”

왕재일의 말을 듣자, 내 눈앞에 모래 일이 그림처럼 그려졌다. 귀에는 만세함성이 들려왔다.

만일 놈들의 이 계획이 모레 실행된다면, 광주에 엄청난 혼란을 초래할 수밖에 없었다.

격문이 광주 전역에 동시에 뿌려지고, 만세소리가 이웃들을 통해 집집마다 외쳐진다면 그것은 산에 불이 번지듯 광주 전역이 순식간에 만세 함성으로 타버릴지도 모를 일이었다.

그것은 또 다른 3.1운동이었다. 광주가 정말 불에 탈지도 모를 일이었다.

“다른 날도 아니고, 천황의 생일인데, 학교에서 다 참석시키지 않을까요?”

“참석시키면, 끝나고 집에 가서 하면 뿌리면 되지.”

장주성이 웃으며 대답했다. 놈들의 의지는 확고했다.

“근데 독서모임은 공부하는 모임 아닌가요?”

“맞아! 우리는 학교에서 알려주지 않는 우리나라 조선에 대해 공부하는 모임이지.”

“그런데 왜 이런 격문을 낭독하는 건가요?”

“이보다 더 좋은 공부는 없으니까. 우리는 외치고 행동함으로, 체득된 학습을 하는 거지. 그렇게 체득된 기억은 몸으로 기억되고, 삶으로 살아지니까.” 녀석들은 이미 곪아있었다. 단순한 감기가 아니라, 이미 폐렴으로 번져 썩어가고 있었다.

학생들을 더 선동하기 전에, 녀석들을 깔끔하게 도려내야만 한다. 그렇지 않으면 이 병균 같은 놈들은, 해외로 가서 독립군이 될 놈들이었다.

장주성이 마지막으로 성진회 3주년 행사계획을 정리했다.

"우리는 내일 아침 학교 가기 전에 다시 이 장소에 모인다. 그리고 각자 격문을 챙겨가서 자기 학교 학생들에게 나눠줄 거야. 그럼 격문을 받아든 학생들은, 일요일인 모레 자기 집과 골목에서 만세소리와 함께 격문을 뿌리면 끝나. 됐지. 자, 질문?"

내가 손을 들어 질문을 했다.

"그럼 실행 시간은 몇 시에요?"

"오후 6시. 그 시간에 맞춰 우리는 한꺼번에, 각자의 집 지붕이나, 문 앞에서 외칠 걸세."

"왜 하필 그 시간이죠?"

"그 시간은 천황의 생일 행사도 끝날 것이고, 순사들도 퇴근해서 집에 들어갈 시간이지."

"근데 이렇게 해서 우리가 얻는 게 뭔가요?"

"우린 그저 불씨를 살리려는 거야. 우리 역할은 그거면 충분해"

"그게 무슨 소리인가요? 우리 말고 또 누가 있다는 건가요?"

"그건 차차 알게 될 걸세."

김기호이 내 말을 끊었다. 나는 서서히 이민준이라는 의병에 대해 물을 참이었다.

무장조직 주모자인 그가 정말 살아있고, 이번 성진회 생일 축제와 관련이 있다면, 광주는 피가 터지는 전쟁터가 될지도 모를 일이었다. 그렇게 되면, 광주고등보통학교 땅값은 휴지조각이 될지도 모를 일이었다.

한꺼번에 엮어서 잡아들일 수만 있다면 이건 내게 위기가 아니라 기회였다.

문방구를 나와 곧장 광주역으로 향했다. 빨리 가서 사사키 어르신에게 이 보고를 드려야만 했다.

11. 광주역

시크릿 프로젝트

역에는 우리학교 통학반장이 서 있었다. 경성에서 온 총독부 비서관이 사사키와 함께 광주역을 시찰할 시간이었다. 그런데 헌병과 순사들이 보이지 않았다. 벌써 다녀간 듯 했다.

어제 나주역에서 일어난 싸움 때문인지, 주변에는 일본 중학교 교사들도 나와 있었다.

기차를 타기 위해 대합실로 들어갔다. 검도복을 입은 일본 중학교 서너 명이 나와 눈이 마주치며 서 있었다. 그 옆으로는 구로다가 공손한 모습으로 서 있었다. 평소 구로다와 어울리는 5학년 건달선배들로 보였다. 짧은 머리에 키가 컸다. 녀석들은 평소 광주역에서는 못 보던 녀석들이었다. 열차로 통학하는 통학생들은 아닌 듯 했다. 때마침 우리 학교 학생들 서넛이 들어왔다. 용민이 친구들이었다. 어제 나주역에서 용민이와 함께, 구로다 쪽 애들과 싸우다 나주경찰서에서 함께 조사를 받았던 정세면도 보였다. 구로다가 목검을 들고 있는 자신의 선배에게 사인을 주자, 목검을 든 일본 학생무리가, 정세면에게 다가왔다.

"어이! 대가리 작은 조센징! 거기 서 봐!"

"뭐야, 쪽발이들. 어! 어제 그 변태 쪽발이 아냐."

"뭐! 이 새끼가!"

키 큰 일본 중학생이 그대로 정세면을 향해 내리쳤다. 가볍게 피한 정세면이, 일본 중학생의 얼굴을 향해 주먹을 날렸지만, 구로다가 자신의 팔로 정세면의 주먹을 막았다. 동시에 자신의 발뒤꿈치로, 정세면의 종아리를 걸어찼다. 정세면이 걸려 넘어지자, 일본 중학생 무리가 달려들어, 정세면을 밟기 시작했다. 정세면의 친구들이 구로다 일행을 떼어내려다, 서로 주먹질이 오고 갔다. 나는 도움을 청하기 위해 다시 역 입구로 되돌아 나갔다.

일본 중학교 선생들과, 우리 학교 선생들이 서로 얘기를 나누고 있었다. 나는 우리 학교 국어교사 나카무라와 눈이 마주쳤다.

"선생님, 지금 안에서 싸움이 붙었습니다."

나카무라를 비롯한 우리 학교 교사들이 대합실 안으로 들어왔다. 그 뒤로 일본 중학교 교사들도 따라서 들어왔다. 정세면의 머리에서 피가 흘러내렸다. 목검에 맞은 다른 친구들도 고통을 호소하고 있었다. 정세면은 한쪽 손으로 머리에서 흐르는 피를 누르며, 나머지 한쪽 주먹으로 일본 중학교 아이들을 상대하고 있었다. 나카무라 선생이 호루라기를 불자, 양쪽 학생들은 교사들을 향해 고개를 돌렸다.

"다들 그만두지 못해!"

"너희들이 야쿠자야! 벌건 대낮에 이 뭐하는 짓들이야!"

"누구신데 가타부타 반말입니까! 우리도 많이 맞았습니다."

키가 큰 일본학생이, 우리 학교 나카무라 선생에게 대들었다.

"많이 맞기는! 너네들이 숫자도 더 많고, 목검까지 휘둘렀잖아."

"우리 애들도 맞았다지 않아요."

뒤에서 보고 있던 일본 중학교 선생이 끼어들었다. 나카무라 선생은 포기하지 않았다.

"자, 보세요. 지금 목검을 누가 가지고 있는지. 누구 머리에서 피가 나는지."

"목검을 들고 있는 사람만 싸움을 했습니까! 어쨌든 같이 싸웠잖아요."

"그럼 물어봅시다. 자! 누가 먼저 때린 거야. 왜 싸운 거야?"

"제가 때렸습니다. 목검으로."

목검을 든 구로다 선배는 당당하게 외쳤다. 일본 중학교 선생은 당황했다.

"자, 들으셨죠! 먼저 때렸다고 하잖아요. 자기보다 작고, 어린 동생들을 그것도 목검으로."

"흠. 근데 왜 때린 거야!"

"저 조센징 놈이 우리에게 쪽발이라고 놀렸습니다."

"뭐! 쪼........ 쪽! 이런 조센징!"

일본 중학교 선생은 구로다의 선배가 들고 있던 목검을 빼앗아, 피를 흘리고 있는 정세면을 향해 내려치려는 시늉을 했다. 나와 나카무라 선생이, 일본 중학교 교사의 앞을 가로막았다.

"지금 뭐하는 거요. 싸움을 말려야 할 사람이."

"당신도 들었잖아! 당신네 조센징 놈들이, 대일본제국 학생에게 했다는 소리를! 당신은 이 소리를 듣고도 지금 조선 학생들을 두둔하는 거야! 야, 이 조센징 놈들 다 밟아버려. 앞으로 주둥아리 함부로 못 놀리게!"

일본 중학교 교사는 싸움을 부추기며, 가장 많이 흥분했다. 옆에 서있던 구로다와 일본 중학교 학생들은 목검을 들고, 정세면과 조선학생들을 비웃기 시작했다. 참다못한 정세면이 일본 중학교 교사에게 외쳤다.

"당신네 학생들이 먼저 시비를 걸었단 말이요. 우리보고 조센징이라며."

"조센징을 조센징이라 하지 그럼 뭐라고 부른단 말인가! 이 조센징."

"스즈키 선생! 이렇게 일을 키우면 어떡하란 말이요."

주변에는 이 상황을 지켜보는 많은 조선인들이 있었다. 그들의 눈망울에는 호롱불이 켜지듯 서서히 분노의 불이 타오르고 있었다. 누구든 스즈키를 말려야 했다. 나라도 나섰다.

"선생님, 참으시지요. 어째든 다친 쪽은 저희 쪽이니, 화가 나셨더라도 너그러이 용서하시죠."

"뭐라는 거야. 어린 조센징 새끼가. 어른들 얘기하시는데."

어린 조센징이라는 말에 주변에 있던 보통학교 학생들과, 그의 부모들의 시선도 우리를 향하기 시작했다. 스즈키는 점점 더 적들의 세력을 규합하고 있었다.

"신경 쓰지 마세요. 선생님, 쟨 조센징 아닙니다. 그냥 우리 집 심부름하는 애에요."

구로다가 끼어들었다. 순간 모든 시선이 내게 향했다. 사람들 앞에서 발가벗겨진 것처럼 수치스러웠다. 왕초를 따라 구걸을 할 때도, 소매치기를 하다 귀를 잡혔을 때도, 많이 못 훔쳐서 왕초에게 뺨을 맞았을 때도 이런 감정은 들지 않았다. 여러 가지 생각이 들었다.

'조센징도 못 되면서, 그냥 심부름 하는 애'가 무슨 뜻인지, 어떤 동물에 비교해야 하는지 조차 생각나지 않았다. 무엇보다 걱정이 되는 것은 내 신분에 대해, 발설했다는 것이다.

정세면의 눈을 쳐다봤다. 녀석은 구로다의 저 말뜻을 어떻게 해석했을까? 내가 비밀 정보원이라는 사실을 눈치 챈 건 아닐까? 정세면은 그저 담담한 표정을 짓고 있었다.

"지금 뭐하는 건가!"

사사키 어르신이었다. 뒤에는 광주경찰서 고등계 코지 형사도 함께 있었다. 사사키는 일본 중학교 교사 스즈키 앞으로 다가가 고함소리로 호통을 쳤다. 주변을 둘러봤지만 총독부에서 온 비서관처럼 보이는 인사는 없었다. 아니, 어쩌면 멀리서 이 광경을 지켜보고 있을 수도 있겠다는 생각이 들었다.

"교사라는 사람이 아이들 보기 부끄럽지도 않은가 말이야!"

"죄송합니다. 어르신."

"당장 정리하게!"

사시키 앞에서 얌전해진 교사 스즈키는 일본 중학교 학생들을 데리고, 광주역 밖으로 빠져나갔고, 정세면을 비롯한 조선인 학생들도, 나카무라의 인솔 하에 열차 안으로 탑승했다.

사사키의 얼굴은 잘 익은 홍시처럼 붉게 물들어 있었다. 곧 터질 듯이 화가 난 표정이었다.

사사키는 구로다와 코지 형사를 데리고, 역 앞에 세워둔 자신의 차로 이동했다. 나도 열차에 올라탔다.

12. 의병

시크릿 프로젝트

어제 용민이와 함께 서 있었던 자리에, 오늘은 혼자 섰다.

용민이는 감시대상이 분명했고, 박용삼을 추적할 미끼였지만, 내 친구이기도 했다.

창밖에 빗방울이 조금씩 떨어지고 있었다. 사람들이 서둘러 기차에 올라타는 모습이 보였다. 광주고등보통학교 교복을 입은 학생들 사이로 낯익은 얼굴이 보였다. 용삼이 형이었다. 나주청년동맹 집행위원장 박용삼이 틀림없었다. 빵모자를 쓰고, 수염을 달긴 했지만, 틀림없는 박용삼이었다. 어릴 적부터 봐왔던 익숙함은 모자와 수염 따위로 가릴 수 없었다.

나주 청년들과, 나주 농민들들 자극해 만세를 외치게 만들, 병균 같은 인물이었다.

그는, 아편쟁이들마저, 아편을 끊게 만드는 강력한 병균이었다.

박용삼이 열차에 올라섰다. 주변을 살피더니 내 쪽으로 다가와서, 바로 앞자리에 앉았다. 나는 고개를 숙였다. 내가 인사를 하거나, 그가 나를 알아본다면, 그는 망둥이처럼 재빨리 자신의 정체를 숨겨버릴 것이기 때문이었다.

얼마나 지났을까, 기차가 송정역에 멈춰 섰다. 창밖으로 총을 멘 일본 헌병과 군인들이 도열해 있었다. 무슨 일인가 싶어 창가로 고개를 돌렸다. 박용삼도 일어나 창밖을 봤다. 그리곤 신문을 펼쳐들었다. 열차 문이 열리자 사람들이 내리고, 새로운 승객들이 열차 안으로 들어오고 있었다.

"어이! 최상태. 대가리 처박고 거기서 뭐해?"

짜증나는 목소리. 왕초였다. 어제와 깔끔한 옷차림의 그는 엎드려 있는 나를 자신 앞으로 돌려세웠다. 원래대로라면 아편 생산 유통 혐의로 못해도 10년은 형을 살았어야 했다.

"말이 안 나오지! 어떻게 나왔냐고 묻고 싶은데 말이야."

낄낄대는 녀석 앞으로 박용삼이 자리에서 일어나 지나가버렸다. 나는 왕초를 밀치고 박 용삼을 따라갔다. 왕초가 뒤에서 내 가방을 잡았다.

"사람이 말하고 있는데 그냥 가버리면 어떡해."

박용삼은 사람들 사이로 사라져버렸다.

"놔! 이것 좀 놓으란 말이야! 넌 왜 맨날 내 발목을 잡아."

"그러게 말이야. 우린 왜 이리 질기게 엮이지?"

낄낄대는 면상에 침을 뱉고 싶었다.

"꺼져 줘! 안 그럼 아예 사라지게 해줄 테니까!"

"못했잖아. 결국! 넌 날 못 떼어냈잖아. 봐, 지금도 우린 마주하고 있어. 궁금하지 않아? 내가 어떻게 지금 여기 서 있는지?"

"............."

말을 섞고 싶지 않았다. 내가 말이 없자 그는 다시 말을 이어갔다.

"사마자와 코지! 광주경찰서 고등계 형사! 너랑 함께 사는 삼촌이지! 한국 이름 최만원." 나는 순간 얼음이 됐다. 당황한 모습을 드러내지 않기 위해 얼굴에 옅은 미소를 띠웠다.

"무슨 소리를 하는 거야? 고등계 형사와 내가 가족이라도 된다는 거야?"

"너무 당황하지 않아도 된다. 네 입장에서는 당연히 말하고 싶지 않았을 테니까."

마른침을 삼켰다. 무슨 말을 해야 할지 생각나지 않았기 때문이다. 그렇다고 전면 부인하고 쉽지 않은 상황이었다. 나와 코지의 관계를 삼촌과 조카사이로 정확하게 특정해서 알고 있었기 때문이다. 우선 녀석이 어디까지 알고 있는지가 중요했다.

"도대체 어디서 뭔 헛소리를 들은 거야?"

"코지 경감에 대해 알아보다가 네 존재를 알게 됐지."

"당신 따위가 감히 뒷조사를 했다는 거야? 고등계 형사를?"

"너도 잘 알잖아. 우리가 맘만 먹으면, 뒷조사는 잘 하거든."

"뭣 때문에? 뭐 하러 뒷조사까지 했냐 이거야."

"그 양반이 날 풀어줬으니까."

녀석의 말이 어디까지 믿어야 하는지 감이 잡히질 않았다. 녀석은 지금까지 남을 속이고, 남의 것을 훔치는 소매치기 집단의 왕초로 살아왔기 때문이다. 하지만 다량의 마약 운반책이 현장에서 검거됐는데, 곧바로 풀려났다는 것은 쉽게 이해되지 않는 대목이었다.

그가 풀려났다는 것은, 그에게 혐의를 뒤집어씌운 내게 화살이 날아올 수도 있기 때문이기도 했다.

"불안해하지 마, 네가 끌려갈 일은 없을 테니. 코지 경감과 난 거래를 한 것뿐이니까."

"거래? 소매치기가 고등계 형사와 무슨 거래를 한다는 거야!"

"결국 너와 같은 이유지. 네가 코지 형사와 한 가족이 된 것과 같은 이유."

아저씨와 내가 가족이 된 이유는 분명했다. 과거의 굴레를 벗고, 새 시대의 주인이 되는 것 경찰서를 들락거리며, 전과만 늘어나는 범죄자의 굴레에서 벗어나, 우리도 한번 잘 살아보는 것이었다. 다른 이유도 명분도 필요 없었다. 우리는 철저하게 결과에만 집중했다.

"봐! 넌 내게서 도망 못 간다고 했잖아. 결국 이렇게 같은 열차를 타게 되잖아."

"도착점이 같다면 날 도왔어야지! 방금 네 눈앞에서, 나주청년동맹 박용삼을 놓쳤잖아."

"그놈이야 맘만 먹으면 얼마든지 잡을 수 있어. 지금 급한 건 그게 아냐."

"그럼 뭔데? 무슨 거래를 했다는 거야?"

"너 호남창의회맹소라는 단체 들어봤지? 그게 다시 조직되려는 정보가 포착됐어."

나는 귀신에 들린 것처럼 자리에서 벌떡 일어났다. 어제 사사키가 해준 얘기 생각나서였다.

호남창의회맹소! 그것은 용민이가 봤다는 기삼연의 테러조직과 깊은 관련이 있는 조직이었다.

호남창의회맹소는 '목 잘린 귀신' 소문과 함께 등장하는 단체였다.

장성에 사는 기삼연이라는 양반가 유생이 만든 테러 단체였다. 그들은 일본 군인들과 친일경찰들을 대놓고 죽이는 자들이었다. 아예 대놓고, 일본 병사들의 머리에 포상금을 내걸기까지 했다고 한다. 실제로 그들에 의해 여러 명의 일본군의 목이 잘려나갔다.

특히 김태원이라는 놈은 악명이 높은 작자였다.

그는 150명의 기병을 이끌고 간, 일본군 장교 요시다 대장의 칼을 빼앗아, 요시다의 목을 베어버린 놈이었다. 결국 일본군 11개 부대가 투입된 대대적인 소탕작전에 의해서 2년 만에 소탕이 됐다. 벌써 20년 전에 일어난 사건이었다.

"너 며칠 전에 어등산에서 목 잘려 죽은 시신이 발견됐다는 소식 들었지."

"아니, 처음 듣는 소리인데. 그런 일이 있었어? 어디서?"

"여태 그것도 모르면서 정보원 노릇을 하고 있었단 말이야!"

어등산이면 지금 이곳 송정역에서도 멀지 않은 곳이었다. 호남창의회맹소가 진압된 이후 다시 활동했던 의병들의 주둔지이기도 했다.

"범인은 잡았어?"

"아직 못 잡았지."

"그런데 당신이랑 코지 아저씨랑은 어떤 거래를 했다는 거야?"

"코지가 가장 필요로 하는 정보를 알려줬지. 나를 풀어주는 조건으로."

"가장 필요한 정보? 그게 뭔데?"

"그러니깐 넌 아직 멀었다는 거야. 나 따라다녔으면 내가 많이 알려줬을 텐데."

"독서회 조직도라도 알려줬다는 거야?"

"하하하, 그 정도 어설픈 정보로, 코지가 날 풀어줬을 것 같아?"

"그럼?"

"코지의 목숨을 노리는 놈들을 알려줬지."

"코지의 목숨을 노리는 놈들이 있었다고?"

"고등계 형사들은 적을 많이 만드는 직업이야. 드러내지는 않지만, 마음 속 깊은 곳에서는 언제나 죽음에 대한 공포가 있지."

"그럼 아까 송정역에 도열해 있던 헌병들이.........."

"그래, 내가 인솔해서 잡으러 갔어. 그 의병 놈들."

"근데 진짜 의병이 있긴 있는 거야?"

"그래. 당연히 있지."

"몇 명이나? 무기도 다 회수한 거야?"

"3명. 무기는....... 호미랑 낫."

"뭐? 총이나 칼이 아니고?"

"그래, 호미랑 낫이 얼마나 위험한 건데. 지들 말로는 뭐 약초를 캐러 왔대나 뭐래나. 거짓말 해봤자 이 왕초에게는 안 통하는 법이지."

왕초는 낄낄거렸다. 산에서 발견됐다는 그 사람들이, 의병이 아니라는 사실을. 왕초도 알고, 일본 군인들도 알고 있었을 것이다. 하지만 그들은 약초를 캐러온 약초꾼들에게 의병이라는 혐의를 뒤집어씌웠을 것이 틀림 없었다. 그들이 실제 의병인지 아닌지는 중요하지 않았기 때문이다. 왕초와 코지에게는 의병이 필요했을 뿐이었다. 왕초가 늘 해오던 수법이었다.

코지는 의병을 잡아서 소문을 없애야만 했다. 그러려면 준비된 의병이 필요했다.

왕초다운 거래였다. 왕초는 아편 없이도, 사람을 제 맘대로 움직일 줄 아는 사람이었다.

사람들 마음속에 있는 욕망과 공포를 파악하는 능력이었다. 위기 때마다 공포를 이용해, 상대방을 자기 뜻대로 조정해서 빠져나갔다.

최근에 발견됐다는 목 잘린 시신도, 왕초가 만들어낸 거짓말일 가능성이 높았다.

확인되지 않은 자극적인 소문은, 열차보다 빨랐다. 일단 그렇게 퍼진 가짜 소문은, 진짜보다 더 강력하게 민심에 영향을 미쳤다. 왕초는 자신이 살기 위해서라면, 가짜를 그럴듯하게 만들어 퍼지게 하는 것은, 얼마든지 만들 수 있었다.

왕초는 내 어깨에 손을 얹으며 창밖으로 보이는 노을을 가리켰다.

"지는 태양을 붙잡을 수는 없어. 내일 떠오르는 새 태양을 바라봐야지. 조선은 갔어. 내일은 우리의 시대가 펼쳐지는 거야. 대일본제국의 황국시민의 시대 말이야."

왕초와 함께 소매치기를 하던 시절, 그는 우리를 끌고 양반가 잔치 집을 다녔었다.

그것은 단순히 밥을 얻어먹기 위함이 아니었다.

그 집의 재산과 현황을 파악해서, 도둑질에 필요한 정보를 파악하기 위한 목적이었다.

파악된 정보는 그 집에 재산만 훔치는데 쓰이지 않았다. 양반들의 약점을 이용해, 자신의 힘을 과시하는 용도로 사용했다. 하지만 그가 끝내 훔치지 못한 것은 양반이라는 신분이었다. 그런 점에서 지금의 이 시대는 나와 왕초에게는 기회의 시대였다.

이제는 우리에게도 기회가 온 것이다. 왕초는 코지를 통해, 새 시대에서 양반이 되어 살아갈 것이다. 코지 아저씨도 왕초를 이용해 더 높은 자리고 승진하고, 새로운 양반이 될 것이다.

기차가 나주역에 도착했다. 가려는 왕초를 붙잡았다.

"너는 코지 아저씨를 믿어?"

"나는 나만 믿어. 내 실력만 믿지."

"나랑 거래할래?"

"너 근데 어른한데 계속 반말할래!"

어릴 때 맞고 자란 걸 생각하면, 당장이라도 죽여 버리고 싶었다.

"죄송해요. 대장."

하지만 나는 그렇게 또다시 놈과 악수를 했다.

13. 일망타진

시크릿 프로젝트

왕초와 헤어지고 곧장 사사키 집으로 갔다. 코지 아저씨도 와 있었다.

"왕초 얘기는 왜 안 하셨어요?"

"할 필요가 없었으니까. 사냥이 끝나면, 어차피 다시 들어갈 놈이다."

나는 내 추측이 맞는지 알아보기 위해 질문을 했다.

"가짜 의병은 잡아서 어디에다 쓰시게요."

"가짜는 없다. 우리가 체포하는 순간 그놈은 의병인 거다."

사사키가 나섰다.

"지금 진짜냐 가짜냐를 따질 때가 아니다."

"그럼요?"

"천황폐하의 생신인 명치절을 성스럽고, 깔끔하게 잘 치르는 게 무엇보다 중요하지."

사사키는 지금 조선의 양반들이 필요하다는 말을 하고 있었다.

일본에 저항하며, 무장 투쟁을 하는 양반들은, 천황께 바칠 제물로써 필요했고 일본에 항복하며, 머리를 조아리는 양반들은, 천황생일의 손님으로 필요했다.

왕초는 사사키와 코지가 필요로 하는 그런 양반 출신들을 공급해줄 수 있었다.

특히나 천황에게 머리를 조아리는 양반들은, 이전에도 명나라와, 청나라에 머리를 조아리며 살아남았던 사람들이었다. 일본이 사용하기에는 이보다 더 좋은 도구는 없었다.

"독서회는 어떻게 됐어?"

"생일축제를 준비하고 있었습니다."

"누구의 생일?"

"비밀단체 성진회의 3주년 생일을 준비하고 있었습니다."

"그 조직은 와해됐어! 내가 다 해체시켰어. 장주성 빵가게도 큰 징후는 없었고.”

“아저씨 가신 뒤로, 놈들은 정체를 드러냈습니다.”

“그럼 그 독서회가 3년 전 사라진 성진회의 부활이라는 된다는 거냐?”

“네! 내일 모레. 그러니까 명치절(일본천황의 생일)에 광주 전역에 흩어져서, 만세를 부른다고 했습니다.”

“광주 전역에? 어떻게?”

“학교 안 가는 일요일인 점을 이용해서, 학교나 시내가 아닌, 각자의 집에서 만세를 부르고 골목마다 격문을 뿌린다고 했습니다.”

“감히 천황의 생일에 그따위 계략을 생각하다니! 정말 미친 녀석들이군.”

“내일 오전 일찍 학교가기 전에, 모여서 격문과 태극기를 나눠준다고 했습니다.”

“어떡하든 막아야 해! 코지!”

“네, 어르신.”

“내일 당장 순사들 데리고 가서 싹 다 잡아들여. 격문과 태극기도 다 압수하고.”

“알겠습니다. 어르신.”

“아편은 사용했어?”

“네, 빵 앙꼬와 함께 넣어놨습니다. 내일쯤 잘 구워진 아편 앙꼬빵이 진열될 겁니다.”

“그래, 잘 했어. 기자들도 불러서 녀석들의 실체를 알려주라고. 타락한 학생들의 실체를.”

“네, 어르신.”

다음 날 아침 나는 평소보다 일찍 일어나, 1시간 일찍 집을 나섰다.

학교를 가기 위해, 나주역에 도착하자 순사들과 헌병들이 나와 있었다.

명치절(천황의 생일) 하루 전날이었기 때문이다. 동시에 역 주변에는 명치절을 기념하기 위해, 일장기들이 바람에 휘날리고 있었고, 기미가 요와(일본 국가)가 스피커를 통해 흘러나오고 있었다.

"아침부터 시끄러워죽겠네."

용민이었다. 마치 아무 일도 없었다는 듯 통학용 광주행 열차에 올라탔다.

"몸은 괜찮아? 그래도 바로 나왔네."

"당연하지. 난 잘못한 게 없는데."

"안녕, 상태야."

"어, 누나 오셨어요."

저쪽에서 먼저 타있던 구로다가 우리 쪽을 노려봤다. 그 뒤로 왕초가 걸어오고 있었다.

왕초는 양반의 옷을 걸쳐 입고, 머리에 갓까지 쓰고 있었다. 나를 향해 씽긋 웃어 보이며 뒷짐을 지고 있었다. 그 옆으로 그의 똘마니들이 보였다. 마지막으로 일본 헌병들이 열차에 올라타자, 열차가 출발했다.

얼마지 않아, 열차는 구진포 터널에 진입했다. 그리고 그 순간 고함소리가 터져 나왔다.

"만 사이. 만 사이. 만 사이. 대한 독립 만 사이."

조금 어눌했지만, 분명한 일본 말이었고, 그것은 평소의 구로다의 발음과 비슷했다.

터널이 끝나자, 구호가 끝이 났다.

곧바로 헌병의 호루라기 소리가 찢어질 듯 울려 퍼졌고, 기차 안은 온통 혼비백산이 됐다.

열차 바닥에는 태극기가 떨어져 있었다. 일본 헌병은 곧바로 승객들을 수색에 들어갔다.

나와 용민이, 기영이 누나 모두 깨끗했다. 다른 학생들과 승객들도 모두 깨끗했다.

모든 시선이 휘파람을 불며, 여유를 부리던 구로다에게 향했다.

"왜? 뭐? 설마 나를? 지금 나를 의심하는 거야? 나 구로다야! 사사키 아들이라고."

구로다의 항변과 상관없이, 그의 가방조사는 이루어졌고, 태극기가 나왔다.

"뭐야! 어떤 새끼가 장난친 거야. 범인 나와! 당장 나와라."

"어떻게 된 거야. 이거 뭐야!"

요시다 헌병장교가 구로다에게 따졌다.

"그걸 왜 나한테 물어요. 내 가방에 이런 걸 몰래 넣은 놈을 찾아야지."

열차 안 승객들은 재미난 구경을 하고 있었다. 나와 용민이도 코웃음을 치며 작은 소리로 웃고 있었다. 그는 용민이와 나를 향해 소리쳤다.

"야, 이 조센징! 너지! 너 이리 와!"

"가만있어라, 구로다! 지금 아버지 믿고 이러는 건가!"

요시다 장교가 구로다에게 호통을 쳤다. 요시다는 태평양 사단 소속으로 나주 토착 경찰들이나 군인들과 달리, 사사키의 영향력이 가장 적게 미치는 인물이었다.

구로다에게 특별한 감정은 없었다.

다만 꾸준히 사고치는 구로다가 때문에, 내 정체가 드러날까봐 걱정됐을 뿐이었다.

우리에게는 천황의 생일이라는 큰 행사가 있고, 나는 중요한 임무를 하고 있었기 때문이다. 왕초가 내게 슬쩍 엄지를 치켜세우며 윙크를 했다. 그리고 다음 역에서 내렸다.

다행히 구로다는 이용하기에 안성맞춤인 녀석이었다.

심성이 나쁜 데다가, 머리는 더 나빴기 때문에, 나를 무시할지언정, 의심하지는 못했다.

구로다는 광주에 도착할 때까지 조용했다.

광주역에 도착하자마자 나는 곧장 혼마치(광주 충장로)에 있는 김기호 문방구로 갔다.

문방구와 장주성 빵집 주변으로, 숨어서 대기하고 있는 순사들이 보였다.

나는 더 잘 숨으라고 손짓을 했다. 그들은 몸을 완전히 숨겼다.

문방구에 문은 열려 있었다. 장주성이 격문을 가방에 담고 있었다.

곧이어 왕재일과 김기호이 들어왔다. 그 뒤를 이어, 4명이 더 들어왔다.

광주사범학교, 광주농업학교, 광주여자고등보통학교, 광주고등보통학교 독서회장들이라고 했다.

그들은 곧장 가방을 열고, 격문과 태극기를 담기 시작했다. 나는 조용히 밖으로 나와 잠복하고 있는 코지 아저씨 쪽으로 기지개를 폈다. 들어오라는 신호였다.

곧바로 순사들이 뛰어 들어왔다. 나는 다시 문방구 안으로 들어가 다급하게 소리쳤다.

"고등계 형사들과 순사들이에요!"

격문을 가방에 담던 비밀조직원들은 놀라서 지하로 도망쳤다. 나도 그들을 따라갔다.

순사들이 지하까지 따라오자, 장주성과 왕재일과 나머지 2명도 함께 따라 들어왔다.

순사가 바닥 문을 잡았을 때 우리는 문을 당겨 걸어 잠갔다.

밖에서는 미처 들어오지 못한 사람들이 검거되는 소리가 들렸다. 김기호도 보이지 않았다.

우리는 통로를 따라, 빵집으로 향했다. 왕재일이 발걸음을 멈춰 섰다. 바닥 문 쪽에서는 문을 부수는 소리가 들렸다.

"빵집에서도 놈들이 이미 대기하고 있을 것 같네."

"그럼 어떡해요. 길은 저기 하난데."

왕재일이 장주성을 보며 고개를 끄덕였다. 장주성도 고개를 끄덕였다.

왕재일이 빵집 쪽을 향해 뛰어갔다. 장주성이 나를 붙들고 다시 문방구 쪽으로 향했다.

문방구 문에 이르자, 장주성은 바닥에 있는 흙을 긁기 시작했다. 바로 위에서는 우리가 내려왔던 바닥 문이 부서지고 있었다. 장주성이 흙을 치워내자, 또 다른 작은 문이 나왔다.

장주성은 먼저 들어가서, 내게 손을 내밀었다. 구멍이 너무 작아 큰 개가 겨우 통과할 넓이였다. 숨을 크게 들이쉬고, 좁은 굴로 기어들어갔다. 조금 더 들어가자 구멍이 더 넓어서, 사람이 앉아있을 정도의 넓이가 됐다. 장재서은 뒤돌아서 우리가 기어온 길을 향했다.

그 위의 돌을 당기자, 우리가 기어들어왔던 길이 무너져 내려 막혀버렸다.

아무것도 보이지 않았다, 장주성이 주머니에서 뭔가를 꺼내서 두 번 내리치자 불이 밝아졌다. 촛불이었다.

촛불에 드러난 긴 통로가 보였다. 돌로 다듬어진 네모난 통로였다.

"자, 저기 통로 보이지?"

"네."

"이제 불을 끌 테니, 빛이 보일 때까지, 앞으로만 가면 되는 거야. 할 수 있지?"

장주성이 앞장서서 갔다. 통로 안에 공기가 다 떨어질 때쯤, 위에서 새어 나온 빛줄기가 보였다. 장주성이 먼저 빛이 내려오는 통로로 빠져 나갔다. 나도 빠져 나왔다.

우리가 나온 곳은 빵집 맞은편에 있는 광주 법원 뒤편이었다.

"왕재일 선배님은 어떻게 된 거에요?"

"우리에게 시간을 벌어준 거지. 자신은 붙잡히면서."

"같이 올 수도 있었잖아요."

"같이 올 수 없는 통로였네."

"이 통로는 뭡니까?"

"광주읍성의 수로로 쓰인 던 곳이다. 만약의 사태가 발생할 경우를 대비해 우리 비밀통로와 연결을 해놓은 곳이지. 자넨 곧장 학교로 가게. 그래야 의심을 안 받을 테니까."

"선배님은요?"

"난 당분간 숨어있을 계획이다."

"그럼 우리의 계획은요? 성진회 생일 축제는 어떻게 되는 겁니까?"

"일단 소나기는 피해야 되지 않겠어. 지금은 자네가 해야 될 일이 있네."

"뭡니까?"

"박용삼을 만나서, 우리 뜻을 전해주게."

"용민이의 형 말입니까?"

"그래."

"그 형님을 어떻게 만나요? 저도 만나고 싶지만........."

"내일 오전 10시에 광주 향교 앞에서 만나기로 했네."

"선배님도 오십니까?"

"지금 상황에서 내가 그를 만나는 건 위험해. 난 이미 수배가 떨어져서, 내가 움직이면 나뿐 아니라 광주, 전남 신간회 전체가 위험해져."

"제가 어떤 말을 전하며 되죠?"

"생일 축제는 무산됐습니다. 이 말만 전해주면 되네."

"그 말만 전해주면 됩니까?"

"그래. 그럼 거기에 모인 신간회 간부들이 회의를 통해, 다음 일정을 결정할걸세."

그는 그 말만 남기고, 광주중학교 방향으로 몸을 틀었다. 그곳은 광주형무소가 있는 방향이기도 했다.

"어떻게 연락하나요?"

"곧 다시 만나게 될 거야."

마지막으로 나는 제일 궁금한 질문을 던졌다.

"근데 왜 저죠? 왜 마지막에 절 구하셨나요?"

그는 말없이 손을 흔들더니 그대로 갔다. 그가 뛰어가자 몸에서 흙먼지가 떨어져 내렸다. 나는 뒤돌아서서 법원 쪽으로 갔다.

도로 건너편에서는 왕재일과 김기호을 비롯한 비밀 단원들이 포승줄에 묶여 끌려가고 있었다. 코지 삼촌은 장주성 빵집에 들어가 내가 숨겨둔 아편 빵을 찾고 있었다.

빵들을 자루에 담은 코지 삼촌과 체포된 비밀 단원들이 경찰서 쪽을 향해 사라지고 있었다.

나는 곧장 걸어서 학교를 향했다.

등교하자마자, 나카무라 선생은 학생들은 모두 운동장에 모이게 했다.

그리고 곧바로 줄과 열에 맞춰 운동장을 이리저리 걷게 했다.

용민이와 나도 대열에 끼어 함께 걷기 시작했다.

내일 명치절 행사에서 도열하기 위한 연습을 하고 있다고 생각했다. 그런데 아니었다.

학생들의 모습을 뒤에서 지켜보는 헌병과 일본군 장교가 보였다.

기차에서 구로다를 끌고 갔던 요시다 대위였다.

"학병을 데리러 왔데. 곧 중국과 전쟁을 하려나 봐."

용민이가 고개를 숙여, 내 귀에 대고 얘기해줬다.

"근데 왜 학생들을 데리고 가?"

"그럼? 자기네 일본 학생을 보내겠냐. 전쟁 총알받이로!"

"쌀에, 옷에, 나무에, 조선팔도에 있는 것들은 모조리 쓸어가더니, 이제는 하다하다 사람까지 도둑질해가네. 내 더러워서 퉤!"

"걱정 마. 우린 고등보통 학생들이야. 아까워서라도 그렇게 써먹겠냐? 우리 같은 인재를."

"아깝긴 뭐가 아까워! 총알받이로도 쓰고, 시끄러운 놈들 조용히도 시키고 일석이조구만."

그래도 나는 안심했다. 사사키가 있었기 때문이다. 사사키가 아니더라도, 조선을 관리하고 통제하는 데는, 최소한의 엘리트가 필요했기 때문이다.

수업이 끝나고 나주 집으로 가기 위해 광주역으로 향했다.

역에도 요시다 대위가 다른 장교들과 대화를 나누고 있었다.

그 옆으로는 흰 옷을 입은 조선청년들이 열차에서 내려, 길게 줄을 서고 있었다.

나주에서 광주로 오는 열차였다.

주변 사람들에게 물어보니 징병이 돼서 군대로 끌려가는 나주 청년들이라고 했다. 대부분 농민들이나, 장사치들의 자식들이었다. 무리 중에는 낯익은 얼굴도 보였다. 왕초의 똘마니들이었다. 주변을 둘러봤지만, 왕초는 보이지 않았다.

용민이와 함께 기차에 올랐다. 기차는 다시 나주로 출발했다.

사시키의 집에 도착하자, 거한 저녁상이 차려져 있었다.

"고생했다. 네 덕분에 아주 말끔하게 정리됐어. 배고프지, 어서 먹자."

"우두머리 장주성을 놓쳤습니다."

"그래, 놈이 중요한 메시지를 남기지는 않더냐?"

"내일 박용삼을 만나라고 했습니다. 자기는 수배가 돼서 위험하다고."

"역시 놈들은 내통을 하고 있었어. 그래, 어디서 몇 시에 만나기로 했냐?"

"오전 10시에 광주 향교에서 만나기로 했습니다."

"영악한 놈들. 머리 좀 썼군."

그랬다. 그 시간이면 명치절 행사가 한참 진행 중일 때였다.

그들은 추적을 피할 수 있다고 생각했을 것이다.

행사가 열리는 시간에 비워진 향교가 가장 안전하다고 생각한 것이다.

"아무튼 잘 됐어. 이 기회에 신간회 놈들 다 엮어서, 쳐 넣어야 해."

사사키는 영광굴비를 잘근잘근 씹으며, 웃었다.

"그런데 한 가지 걸리는 게 있습니다."

"뭐냐?"

"왜 하필 저를 남겼을까 하는 점입니다. 쓸모로 따지면 제가 제일 필요없었을 텐데."

"아니지. 평상시라면, 네 말대로 넌 별 쓸모가 없었겠지. 하지만 그 상황은 긴급 상황이야. 그놈들 입장에서야 전과도 없고, 그래서 형사들의 관심을 덜 받는 사람이 필요했겠지. 자신들의 마지막 메시지를 전달해줄 그런 연락책으로 말이야."

사사키의 말들 듣고도 찜찜함은 여전히 남았다.

"아참! 내일 학생들을 한곳에 모아놔야 한다고 생각합니다. 강제로라도 말입니다."

"왜지?"

"비밀 독서회의 원래 계획이, 각자 흩어져서, 집에서 만세를 부른다는 거였습니다."

"그걸 계획한 놈들이 다 잡혔잖아."

"계획한 놈들만 잡혔으니까요."

"제법이구나. 코지보다 더 훌륭한 형사가 되겠어. 이미 그렇게 조치를 해놨다.

내일은 한 놈도 빠짐없이 광주에 나오게 하라고 했지."

그 말을 듣자, 배가 고팠다.

14. 생일 기념식

시크릿 프로젝트

오전 9시가 되자 혼마치(광주 충장로) 도로에는 히노마루 깃발이 가로수에서 휘날리고 있었다. 기모노를 차려입은 일본인들은 광주신사(지금의 광주공원)로 향하고 있었다.

그 뒤로 광주여자고등보통학교(현 전남여자고등학교) 학생들이 줄을 맞춰 광주신사로 향하고 있었다.

그 뒤로 우리 학교 학생들이 인상을 쓰며, 뒤를 따랐다. 용민이는 세수도 안한 얼굴이었다.

"일요일에 이게 뭔 짓이냐?"

"그래서 일부러 안 씻고 나온 거야?"

"아니, 늦게 잠들어서."

"왜? 이것 때문에?"

"아니. 너 태석이 알지?"

"응, 감나무 집 최태석?"

"응, 걔. 걔네 형도 어제 끌려갔대. 일본군대로. 남의 일 같지가 않더라."

광주신사에 도착하자, 광주경찰서 형사들이 먼저 와 있었다.

곧이어 일본 중학교 학생들이 신사 광장으로 들어왔다. 구로다와 눈이 마주쳤다.

내가 생각했던 것보다 빨리 구로다가 제자리로 돌아와 버렸다. 그가 나를 노려봤다.

나는 무시하고 씽긋 웃으며 눈인사를 건넸다. 하지만 구로다는 계속 나를 노려봤다.

마지막으로, 왕초가 갓을 쓰고 광주에 양반들과 함께 등장했다.

다리 밑에 떠돌며, 소매치기나 하던 왕초에게, 약점이 잡힌 양반들이 끌려와, 새 시대에 적응하고 있었다.

"차렷!"

일본 중학교 교사 스즈키가 호통 치듯 구호를 외치자, 광주 신사의 모든 사람은 선 채로 굳어버렸다.

손을 몸에 꽉 붙인 채, 가슴을 앞으로 내밀고 고개는 쳐들었기 때문이다.

음악이 흐리자, 우리는 그 자세로 일본 국가를 부르기 시작했다.

'아시아 동쪽 해 뜨는 곳 거룩한 왕이 나타나시어..........'

일본 국가의 주인공은 천황이었다.

"아아, 힘들어."

용민이가 노래 대신 혼잣말로 중얼거렸다. 순간 주인공이 용민이로 바뀌었다.

모두들 용민이를 노려봤다. 용민이는 멋쩍은 듯 웃어보였다. 이어서 우리 학교 국어교사 나카무라가, 교육칙어를 들고 조심조심 단상으로 향했다.

교육칙어는 일본중학교 스즈키 교사가 받아 들었다. 그리고 또다시 외쳤다.

"최경례(큰 경례)."

일본 중학생들과 교사들은 일제히 구령에 맞춰 단상을 향해 허리를 90도로 숙였다.

"아, 뻐근해. 아, 졸려."

하지만 용민이는 고개를 숙이지 않은 채, 혼잣말로 중얼거렸다.

용민이뿐만이 아니었다. 조선인 학생들은 약속이나 한 듯 아무도 허리를 숙이지 않았다.

지켜보던 구로다가 용민이 앞에 섰다. 그는 작은 소리로 용민이를 향해 욕을 했다.

"이런 파가에로! 대가리 안 숙여."

주변에 있던 경찰관도 어쩔 줄 몰라 했다. 신성한 명치절 행사 중이었기 때문이다.

"눈알 빠지겠다. 그만 부라려라."

"근데, 이런 개........."

"지금 뭣들 하는 건가! 이 신성한 제단에서!"

보다 못한 교사 스즈키가 다가와 말렸다. 그리고 용민이에게 경고했다.

"아까부터 뭐라고 혼자 중얼거리는 건가! 이 신성한 예식 중에."

"저 선생님 말이 나왔으니 말인데, 제가 하고 싶은 말이 있습니다. 한마디 해도 될까요?"

"나중에 하란 말이다! 식 끝나고."

"그냥 한마디만 할게요."

"꼭 지금 해야 해?"

"네, 지금."

"조용히 빨리 말해."

용민이는 스즈키의 귀에 대고 속삭였다. 그러자 당황한 스즈키의 눈이 커졌다.

"뭐? 뭐라고?"

"안 들리세요? 대한독립 만세라고요! 대. 한. 독. 립. 만. 세."

그는 더 큰소리로 외쳤다.

"안 들리세요? 대한독립 만세라고요!"

이번에 두 손을 번쩍 들고 목이 터져라 외쳤다.

"안 들리세요? 대한독립 만세라고요."

주변에 있던 조선인 학생들도 일제히 손을 들고 외쳤다.

"대한독립 만세. 대한독립 만세. 대한독립 만세."

그제야 사태를 파악한 경찰들이 목봉을 꺼내들고 조선학생들에 달려들었다.

흥분한 광주고등보통학교 학생들은 두들겨 맞으면서도 신사를 빠져나와 광주 시내를 향해 돌진했다.

구로다가 품속에서 단도를 꺼내들고, 용민이를 쫓아왔다.

용민이는 도망쳤다. 나도 용민이를 따라갔다. 왜 이런 일을 벌였는지 묻고 싶었다.

구로다 주변에 있던 일본 중학생들도, 구로다를 따라 용민이를 쫓아갔다.

자신들의 신성한 종교의식을 망친 것을 용서하기 싫었을 것이다.

광주천을 지날 때 용민이는 넘어졌다. 곧장 일어났지만 옷이 젖어버렸다.

신발도 벗겨져 있었다. 그는 다시 맨발로 뛰기 시작했다. 내가 그의 신발을 챙겼다.

용민이가 수기옥정(현 광주극장 근처) 우체국에 이르렀을 때, 맞은편에서도 일본 중학생들이 용민이를 구석으로 몰아세웠다.

"야아, 쪽발이 새끼들아! 안 꺼져!"

태석이었다. 어제 자신의 형을 일본군에게 빼앗긴 감나무 집 아들 최태석이었다.

구로다가 태석이를 말렸다.

"야, 키 작은 조센징 넌 꺼져! 우린 저 새끼한테 볼일 있으니까."

"너네나 우리 땅에서 꺼져! 이 쪽발이 새끼들아."

태석이는 땅바닥에서 돌을 집어, 구로다에게 던졌다. 돌은 구로다의 콧등을 스쳤다.

구로다의 코에서 피가 흘렀다.

"피! 이런 피. 너 이리와. 조센징."

그는 들고 있던 단도를 태석이를 향해 휘둘렀다. 단도는 태석이의 입술과 코 주변을 베고 지나갔다. 내가 구로다를 막아섰다. 곧바로 구로다의 단도가 망설임 없이 나를 향해 내려왔다. 순간 용민이가 나를 밀쳐냈다. 용민이가 아니었으면, 구로다의 단도는 내 가슴팍을 향했을지도 모른다. 내가 들고 있던 용민이의 신발이 바닥에 떨어졌다.

"충직한 개만도 못한, 버러지 같은 새끼! 감히 주인을 물어."

그는 다시 내게 단도를 겨눴다. 그때 각목이 날아들어 구로다의 팔을 내리쳤다.

광주고등보통학교 선도부장 강윤석 선배였다. 주변으로는 용민이가 속한 광주고등보통하교 선도부와 여러 명의 선배들이 서 있었다.

모두 30명 정도 되는 인원이 모여 있었고, 손에는 모두 목봉과 강목이 들려 있었다.

"너 쫓겨 가는 거 보고 애들 모아서 바로 쫓아왔다."

선배들은 단도에 묻은 태석이의 피와, 단도를 들고 있는 일본 중학생들을 보고 흥분하며 달려들었다. 단도로 위협하던 일본학생들은, 우리 쪽 숫자에 밀려 광주역 쪽으로 도망쳤다.

용민이는 다시 신발을 신었다. 그리고 선배들과 함께 구로다 일행을 쫓기 시작했다.

나도 용민이와 함께 뛰었다. 지금은 이들과 함께 뛰는 게 사는 길이라 생각했다.

뛰면서 생각했다. 구로다는 어떻게 알게 됐을까? 얼마나 알고 있고, 누구까지 알고 있는지 용민이와 함께 구로다를 쫓으면서 계속 생각했다. 나는 지금 누구를 쫓아가야 하는가.

구로다 일행이 역으로 도착할 때쯤 그들 앞으로 일본 경찰들이 나타났다. 구로다는 그제야 한숨을 돌리며, 뒤돌아서서 우리를 놀렸다. 코지 아저씨와 순사들도 와 있었다.

용민이가 주변에서 장작을 주워와 경찰 앞에 서 있는 구로다의 머리를 그대로 내리쳤다.

그러자 다른 선배들도 일제히 달려들어, 도망치던 일본학생들을 향해 목봉과 강목으로 내리쳤다. 순사들이 제지하자, 순사도 내리쳤다.

녀석들은 그 틈을 타 광주역 개찰구 안으로 도망쳤다. 선배들은 개찰구 안까지 쫓아가 녀석들을 끄집어 내려서 구타했다.

"일본 중학교 검도부 놈들이 몰려와요."

용민이가 외쳤다. 족히 50명은 돼 보이는 인원이었다. 검도복과 유도복을 입고 있는 인원들이 앞장서고, 그 뒤로는 일본 학생들이 몰려오고 있었다. 그들은 목검과, 단도를 가지고 있었다. 용민이는 옷을 찢어 강목을 자신의 손에 묶었다.

"지금 해산하면 죄를 묻지 않겠다. 하지만 경고 이후에도 해산하지 않는다면 당장 체포......"

코지 아저씨의 말이 끝나기도 전에, 조선인 학생들과, 일본인 학생들이 맞붙었다.

일본인 학교, 유도 교사가 맨 앞에서, 조선인 학생들을 넘어뜨리고 있었다. 바닥에 내리쳐진 조선인 학생들은 고통을 호소하기 시작했다. 강윤석 선배가, 유도 교사의 정강이를 강목으로 때리자, 절뚝거리기 시작했다.

"대한독립 만세. 대한독립 만세. 대한독립 만세."

앞에서, 옆에서, 뒤에서 구호 소리와 함께 조선학생들이 광주역 앞으로 몰려들고 있었다.

광주여자고등보통하교, 광주농업학교, 광주고등보통학교, 그리고 광주
사범학교 학생들까지 모두 광주역 앞으로 몰려들어, 광주역 광장을 가득
메워버렸다.

그리고 그 앞에서 누군가 나를 쳐다보고 있었다. 장주성 선배였다.

강윤석 선배가 앞으로 나왔다. 그리고 품에서 격문을 선창했다.

우리는 일본에 요구한다.

첫째, 우리는 조선 민족의 해방을 요구한다.
둘째, 일본 제국주의 식민지 교육정책을 반대한다.
셋째, 언론, 출판, 집회의 자유를 보장하라!

광장에 모인 학생들 모두 구호를 차례차례 따라했다.

구호가 끝나자, 가슴에 품고 있던 태극기를 꺼내 들었다.

대한독립 만세! 만세! 만세!

조선학생들이 품에서 나온 격문이 하늘을 향해 일제히 뿌려졌다.

생일을 축하하는 꽃잎이 뿌려졌다.

경찰들이 칼을 꺼내 들었다. 헌병들도 말을 타고 쫓아왔다.

학생들은 대오를 유지한 채 혼마치(광주 충장로)로 향했다.

그때 구로다가 뒤에서 단도로 강윤석 선배의 허리를 찌르려 했다. 나는 가지고 있던 장작으로 구로다의 손목을 내리쳤다. 그때 누군가 뒤에서 내 뒤통수를 내리쳤다. 머리에서 끈적한 뭔가가 흘러내렸다. 코지 아저씨였다. 그는 내게 수갑을 채웠다.

"구로다를 잡아먹고, 다음번엔 내 차례였냐? 내가 왕초는 잠깐 쓸 거라고 얘기했지, 그런데, 내 말을 안 믿고 그 사기꾼 놈과 손을 잡어!"

"나쁜 의도는 없었습니다. 전 그저 일을 성사시키기 위해서,"

"그래서 지금 쟤들이 이 지랄들을 하고 있냐?"

"박용삼과 신간회 간부는 잡았습니까?"

"지금 장난 하냐! 아무도, 아무것도 없었어! 넌 완전히 당한거야! 너 때문에 나도 잘리게 생겼잖아!"

광주경찰서 유치장에는 붙잡혀 온 학생들로 발 디딜 틈이 없었다.

유치 감방 문이 열리고, 왕초가 붙잡혀 들어왔다.

"어이! 여기에서 또 보네."

"멍청한 인간. 같이 죽을 줄 모르고, 다 일러바치나!"

"그럼 어떡해, 날 징용으로 끌고 가겠다는데! 우선 살고 봐야지."

"징용 간다고 죽냐!"

"그럼 살겠냐! 설사 산다고 해도 그게 사는 거겠냐! 걱정 마, 어차피 우리는 금방 나가게 돼있어."

"사사키가 우릴 다시 쓰겠냐! 한번 배신한 놈을."

"왜 이래? 왜 갑자기 순진한 척이야? 우리가 그런 놈들이니까 쓴 거잖아. 우리 사이가 뭐 믿음, 신의로 맺어진 거냐! 하하하, 웃기는 놈일세."

"난 적어도 일본사람이 되고 싶었어. 사사키 아들이 되고 싶었다고."

"아들? 허허허, 알아듣기 쉽게 말해! 그냥 사사키 재산이 털어먹으려고 했다고."

"난 따뜻하고 편안한 집이 좋았을 뿐이야."

"그건 맞아. 나도 그래. 나도 그래서 여기까지 온 거야. 그러니까 지금 생각해둬야지. 뭘 넘겨주면, 사사키가 우릴 풀어줄까를. 나라를 통째로 팔아먹은 놈처럼, 뭔가 획기적인 걸 넘겨줘야 우리가 나가서 따뜻하고 편안한 집에서 사는 거야."

왕초는 천재가 확실했다. 여전히 나는 왕초에게 배울 게 많았다.

다시 유치장 문이 열리고, 장주성이 들어왔다. 그는 나를 보자마자 환한 표정으로 다가왔다.

"고생했다. 상태야. 너 때문에 여기까지 왔다. 고맙다."

"뭐가 고맙다는 거죠?"

"명치 절에 우리를 모아줘서 말이다. 일요일에 학생 전체를 한곳에 모으기가 쉽지 않았는데 말이다."

"언제부터였습니까? 절 속이려고 든 것이?"

"나주역에서 용민이와 구로다가 싸운 후부터였지."

"그럼 용민이가 꾸민 일입니까?"

"용민이는 지금도 모른다. 네 정체를"

"그럼 당신이 다 꾸민 일이네요. 언제부터 알았어요. 내 정체를?"

"처음부터 알고 있었다. 네가 사사키에게 입양되던 날부터."

"어떻게?"

"나주청년동맹 쪽에서, 쭉 지켜보고 있었거든. 사사키의 행동들을."

"본인도 알죠? 재수 없는 거?"

"너한테 그렇게 인정받으니 기분 좋다."

"의병이니, 뭐니 그것도 다 뻥이었죠! 나 속이려고."

"속이다니. 교복을 입고 있었으나, 우린 군인의 마음으로 싸웠다고 생각한다."

"웃기시네! 겨우 시위행렬 한 번 한 걸 가지고. 이겼다고 생각하세요."

"시위가 행렬이 되면, 여러 사람을 움직이고, 역사를 바꾸게 되지."

"역사? 하하하 우리 그런 거 안 무서워! 100년에 한번 바뀔까 말까하는 그까짓 역사! 설사 역사가 바뀌어도 우린 살아남아. 역사가 바뀌어도 대중을 속이는 건 너무 쉽거든. 우린 너희들을 끝까지 속이고, 자극하고, 중독시킬 거니까."

"잘난 척하지 마! 결국 들통 났고, 대중은 움직였고, 넌 감옥에 있으니까."

녀석들은 결국 천황폐하의 생일을 훔쳐갔고, 나는 막지 못했다.

창밖으로 빗방울이 떨어졌다. 장군을 봤다는 용민이 말이 생각났다.

내 눈에도 장군이 보였다. 만주 벌판을 달리며 호령하는 장군이 된 내 모습이 떠올랐다.

팔아먹을 나라는 없어도, 팔아먹을 독립군은 남아있는 기회의 땅 만주 벌판을 뛰고 있는 내 모습이 떠올랐다.

포기하지 않을 것이다. 난 만주를 들러, 다시 사사키에게 돌아갈 것이다.

시크릿 프로젝트

지은이 장광균

1판 1쇄 발행 2019년 1월 28일

저작권자 장광균

발행처 하움출판사
발행인 문현광
교 정 성슬기
디자인 박진우
주 소 광주광역시 남구 주월동 1257-4 3층 하움출판사
ISBN 979-11-88461-96-7

홈페이지 www.haum.kr
이메일 haum1000@naver.com

이 책은 광주광역시. 광주문화재단 지역문화예술특성화지원사업의 지원을 받아 발간되었습니다.

좋은 책을 만들겠습니다.
하움출판사는 독자 여러분의 의견에 항상 귀 기울이고 있습니다.

이 도서의 국립중앙도서관 출판예정도서목록(CIP)은 서지정보유통지원시스템 홈페이지(http://
seoji.nl.go.kr)와 국가자료종합목록시스템(http://www.nl.go.kr/kolisnet)에서 이용하실 수 있습니
다. (CIP제어번호 : CIP2019001926)